U0505883

妄

代

理

空 间 站

零杂志——编

世纪出版集团 上海人民出版社

目录
CONTENTS

那种眼神很难忘，我说不清楚，语言有时会变得无力，即使我是一个诗人。但当时我并没有细想，也不敢端详他的美丽。

催眠测试

By 柯姝璟

白光在空中游走，变成鲜血掠入她的心脏。

"朱莉和朱娅是我的双胞胎女儿，她们相亲相爱。一个女儿死于意外后，另一个女儿竟然患上精神分裂。她时而变成朱莉，时而变成朱娅。"

"那这个女孩到底是谁呢？"精神科医生问。

"我不知道。朱莉和朱娅从小就形影不离我中有你，就连我也无法分清。"

医生拿出一盒药瓶递给妈妈，"等你女儿服完药再来找我吧。"

我们活在一个催眠盛世。

催眠术打破了眼见为实的规则，它既能欺骗视线又能篡改人心。上世纪末，人们发现了催眠之瞳。这种基因让瞳孔天生就具备催眠能力。

在这对孪生姐妹中，只有朱莉继承了催眠之瞳，朱娅并没有遗传到长辈的催眠基因。

我捂着脖子，害怕看见嵌在窗框边角的几截玻璃，就是它们的同胞化为匕首刺进姐姐的心脏。妈妈泪眼纵横地扑向受伤的女儿，再炉火纯青的催眠术也无法挽回生命的消逝。

但是朱莉的催眠术为何会化作过激的海浪掀破大窗玻璃？

　　出于一种更深的原因，爸爸离开了我们。但我可以变成任何一个姐妹的形象，所以我不是孤独的。

　　妈妈打开了医生的药瓶，从里面倒出两颗白色的药丸。她微笑着走来，把含着药丸的手心倾向我的嘴。

　　我闭上眼睛，妈妈手心的药丸变成两条白虫。它们从喉道滑入，在胃里翻滚搅动。这种作呕的想象，源于不想吃药的执念。妈妈已经杀过人了，我不想抹黑她的灵魂。

　　不。

　　药丸滑向妈妈的指尖。

　　想。

　　药丸快要掉入我的唇缝。

　　吃。

　　我睁开眼睛，和妈妈目光相交。她的眼睛是一片混沌的风景，却没有笑意。

　　药。

药丸从她的手心飞出，撞至我的锁骨。妈妈的眼睛烟雾缭绕，犹如挨了一次重击，她摆脱操纵，严厉地盯视我。我假装咀嚼着药丸，还发出了吞咽的呻吟。

"朱莉。"泪水在妈妈的眼眶里四处打转，她用双手把我揽进怀里。我的心跳漏了一拍，她能成为催眠师绝非浪得虚名，才能远超我催眠之瞳的设定。尴尬的催眠术被妈妈看穿，妈妈反而包容了我的欺骗行为，将我的脸紧紧按在她的心脏上。

"我爱你。"她低声沉吟，这是她在另一个女儿死去后第一次与我亲昵。

我咬住嘴唇，忍受着心头的撕扯。妈妈不知道我的伤，失落的热泪绽放在她的衣襟上。

第一次催眠测试结束了。

妈妈自从知道我是朱莉后就不再逼迫我吃药了。药物或许能使人恢复健康，却无法治愈人的精神忧伤。特别是当我看着两个女孩合影的照片和那张空荡的床，我的眼睛就会盈满液体，它是不请自来的悲伤。

"妈妈，我想用催眠之瞳创造一个朱娅，可以吗？"

我和妈妈的催眠之瞳相视了，眼前的空气沐浴在一片白光中。光芒很快化身成一个人形，她就是被我们幻化出来的朱娅。我和妈妈同时催眠了彼此，这样朱娅的形象就会出现在我们眼前。

"朱莉，你还记得我教你催眠术时讲的第一句话是什么？"

"催眠是会反噬的。"她为什么突然想到这个？

妈妈越来越相信，这个虚幻的光影就是她的女儿。她每天都坚持做三个人的食物，为一个不存在的女儿操劳不堪。我害怕她整垮身体，在我们家中唯一能改变她的人只有爸爸。然而当我提出要爸爸回家时，妈妈始终不置一词。

日子久了，我的后背就像遭遇火苗舔舐，剧痛难耐。我在洗澡前掀下衣服，发现背上长出了一双黑眼睛，像亡者的瞳孔那般凝望我。

"妈妈，我背上长出了一个鬼！"

妈妈跑过来审视我的后背，她眼中的沉着不由得褪去，僵硬的脸上露出恐怖的神情。

三天后我背上长出了一张文身似的脸。我的身体日益虚弱，成日蜷缩在房间的角落里发出动物一般的惨啼。而妈妈脸上的恐惧一刻也不曾安宁，似乎在等待什么。

我们只好去了医院，医生让我背对她，不慌不忙地在我背上反复搓揉。十分钟过去，背上的人脸竟然不再痛楚。我在医生轻微的呼吸声中忽觉一丝平静，独自回到家。

第二次催眠测试已经无限接近成功了。

忽然响起电话声，我拿起话筒，听见妈妈声嘶力竭的哭声。

"怎么呢？"

"你背上长出了你爸爸的脸，你爸爸很爱你，却因为工作的原因彻夜不归，他已经被我……"

我突然受到眼见之物的惊吓，那是电话空虚的接口，后面并没有电话线连接。一切已然天翻地覆，我从催眠中醒来，母亲的眼皮青筋毕露。她的话传进我的耳膜，像另一个世界的声音：

"朱娅，你什么时候会的催眠术？"

她终于察觉，朱莉才是她死去的女儿。我朝这个恍然大悟的杀人犯报以决然的微笑。她不知道，朱莉在被刺死前已经把催眠之瞳注入我的眼中。

我和朱莉在内心深处都自私地希望妈妈爱自己多一些，为了知道彼此在妈妈心中的分量，朱莉朝天窗施展催眠之瞳。妈妈将看见天窗碎裂的虚像，当玻璃碴同时袭向两个人时，妈妈自然会先救她最爱的女儿。

那扇天窗却真的炸裂了，朱莉死后，急于知道答案的我假装精神分裂，为了试探妈妈在朱莉或朱娅出现时更关心谁。但她显然更爱朱莉，她抱我时以为我是朱莉。

就在朱莉死后，爸爸也消失了。

我知道，一定是妈妈杀死了他。爸爸失踪了一个星期，而妈妈从来没有报警。她平静地坐在家里，像一个失忆的女人对爸爸的事绝口不提。

于是我每天都催促她要爸爸回家，为了激起她内心的波澜。我背上的人脸，其实就是我对妈妈的催眠。她已经自乱阵脚，还以为死去的爸爸将从我背后长出。

我会让你将杀人的经过和盘托出！

我就这样盲目地深陷下去，但催眠是会反噬的。它在催眠别人的同时也削弱了你对欺骗的辨真能力。我义无反顾地跌入妈妈的催眠里。那个为我按摩后背的医生就是妈妈，而我根本没有去医院。电话里传来的声音全是我可悲的想象罢了。

妈妈已经从电话声音里听出了端倪，她把爸爸的手机给了我。里面有近百条的短信记录，内容暧昧得不忍直视。

真相简直触手可及，而我已经无力抓住。

"你爸爸并不是被我害了，他私奔了。"她唐突地说。

仿佛是一句咒语，将我带入记忆碎片里。我突然想起我和朱莉都喜欢玩过家家，那时我们总是相互扮演另一个人的爸爸。电话里的声音就是我为缺乏父爱找的借口，是我对自己冰冷的心灵的变相补偿。

我把两次催眠测试的起因都告诉了妈妈，我的心跌入谷底，只留下嘴巴干瘪地开合，像罪人的低语。

　　"傻丫头，"妈妈说道，"你知道我是怎么知道你是朱娅的吗？只有朱娅在吃药前眼神那般躲闪，换作朱莉就会直接拒绝我。你是我们家中唯一不会催眠术的人，内心自卑到不敢忤逆别人。妈妈知道这个催眠盛世给你带来的压迫感，所以从来不勉强你，因为妈妈很爱你呀。"

　　电光石火之间，我释然了。妈妈，我声泪俱下地说，以后就只有我们俩相依为命了。

　　妈妈也流泪了，就在这时我突然觉得妈妈变了。

　　我最后一次看见妈妈时，她正吸食着点燃的白色粉末。妈妈的眼袋像一片瘀血，瞳孔散布针眼。而我像一个溺亡的小孩，用全身力量抱住她，仿佛全世界就只有她一个人。而我却依然不知，妈妈还是杀人了。

　　现在这个家只剩下我一个人。

　　妈妈你不知道，我无法承受这种打击，只有成日欺骗自己。重复告诉自己你在身边，直到语言被眼泪打断。我在黑暗中不堪久等，变得像死人一样。

而我也不知道，待在戒毒所里的妈妈对婚姻持有何种执念。在爸爸私奔的那个早晨，不服气的妈妈在天窗上设下催眠术。她坚信他会回头看一眼这个家，而他也将看见妈妈吐血的幻觉。这时测试就开始了，如果他回来救她，就证明他还爱她。

女人这种自欺欺人的动物！

那正是我和朱莉第一次催眠测试的时刻，天窗在两股相抵的催眠术下炸裂了，狭长的玻璃刺入朱莉的心脏。

也许就是她对那个男人的测试杀了朱莉吧。

幻境工程师

By孟嘉杰

一

在我 17 岁生日那晚之前，我一直以为我邻居家住了一对贼。

——我们只有在凌晨子夜才能见到他们的身影，而他们的扮相永远是经典的全黑，这不免让人想入非非。

18 岁是我们家族所有人的分水岭，我们的人生都可以被高度概括为"那场决战之前"和"那场决战之后"。

我的父亲是一名钢琴家，我的祖父也是一名钢琴家，我的曾祖父还是一名钢琴家，似乎毫无疑问，我也应该是一名钢琴家。

我们家族每一代钢琴家都将在成年之后，和另一个家族的钢琴家对决，而这事关家族荣耀。

当我吹灭蛋糕上的 17 根蜡烛之后，我知道自己离这一天也不远了。

在蜡烛吹灭的片刻黑暗里，宴会上的亲戚朋友都暂停了交谈，把这片刻的沉默献给我许个愿。

此刻，我只希望他们永远保持安静。

整个家族的期望都压在我身上，我的父亲、祖父、曾祖父都在比试中取得胜利。从我记事起的每一次家庭聚餐，都是以"你要加油成为你父亲那样的钢琴家"开始，以"你以后要超过你爷爷哦"结束。

但是很不幸的是，我一点都不喜欢弹钢琴，黑白琴键快要铸成围墙将我困在其中。

送走了满桌的宾客后，父亲站到了我身后，轻轻地拍了我的肩，递了一个信封给我。

"你们的比试将提前到下一周。"

"为什么？"

"对方要求的，反正你也准备得差不多了。你肯定没问题的，对吧？"

二

我从小就顺着我父母的安排，包括弹钢琴，既然他们已经答应了人家，我也无从拒绝。

只是那晚的时间过得好慢，我兜兜转转了很久才躺到了床上。

我伸手去关床头的灯，只是按键还未按下，房间已经全暗了。

不只是房间，房间涌起一阵暗流，金属手柄的房门消失了，窗外的月光也逐渐淡去，风声也逐渐停息。

我极力睁大眼睛，几乎感受不到任何光亮，但我本能地觉得有什么东西盘旋在我的上空。我从枕头下面拿出手电筒，径直照向头顶，在微弱的光线中我依稀看到一张人脸，紧接着黑暗中传来一声尖叫，整个房间又恢复光亮。

一个人赫然挂在我房间的天花板上，着一身全黑，脸也被黑布蒙上，不过依然能感觉到他如身后悬索一般紧绷的表情。

看装束就知道这人是谁，在我刚想要发出声音的时候，他迅速跳了下来捂住我的嘴，但是很奇怪，他的身上闻不到一点气味。

他膝盖处的裤子早已磨破，露出深色的瘀青，一如他家门口石阶上的藓，我看准了狠狠地锤了下去，他疼得吃不消了，便松开了手。

"——嘘，你别出声，我不是贼。我是一个……幻境工程师。"

三

在那晚之前，我还从未听说过有这么一个职业。

他报给我一个号码，当晚我去翻《职业指南》，居然还真的在他说的某两页的夹缝里找到了，职业编号也如出一辙。

我这才知道我的世界里有这么一种职业。

幻境工程师专门负责制造出一个幻境来，这个地方可大可小，只要是任何人类想象得到的东西都能被造出来，而进入幻境的人，他们的记忆将被幻境工程师改写。而幻境工程师只能蒙面工作，当被别人注意到自己的存在时，便不能将他人拖入自己的幻境之中。若是在幻境之中被人看清了自己的脸，那么整个幻境将会崩塌。

他背过我默默讲完这些，我心里只觉得毛毛的。

夜里依然宁静，我们刚刚的动作并未打扰到我父母，微弱的风穿过房间，让人稍稍放松一些。我挪动身子，听到他叹了一口气。

"怎么了？"

"我真的挺羡慕你……出生在这样一个家庭里……"

他侧过身子，整张脸只露出一双眼睛，毫无目的地在黑暗里打转，我突然觉得他的样子有点熟悉，仿佛不久前才见过。

"我的父亲是一名幻境工程师，我的祖父也是一名幻境工程师，而我的梦想……"

"……该不会是成为一名钢琴家吧？"

我看到他绝望地点了点头。

四

那位幻境工程师不告诉我他叫什么，只让我叫他张三。

张三与我的命运还有颇多相似之处，比如说还有一周，他即将参加一场对决，同另外一个幻境工程师世家展开的决斗。

　　不是普通人之间的拳打脚踢，而是两个幻境工程师世家之间的比试，两户人家将各派出自己的代表，互相抽签决定谁来制作幻境，而幻境若在规定时间内被破解便算失败。

　　那天晚上张三便是想要先练练手，没想到被我打断。

　　那个夜晚，我用五个小时揣测自己和父母的亲缘关系，三个小时审视了自己的命运长河，总之一宿没睡，然后在第二天清早被父母以"你在想什么为什么还不去练琴"为由骂了一通，我不断回想父母教训我时表情之痛心疾首，反复安慰自己一定是他们亲生的，但仍不放过"自己被护士抱错了"这种念头，直到我在琴房弹出第一个音。

　　我完全不会弹琴了。

　　我像一台崭新的机器人，还没来得及输入代码，就被赶上工作一线。我望着黑压压的五线谱，居然都有密集恐惧症之感。钢琴仿佛被通了电，这让我无从下手。

我父母的态度也让人紧张，平常若是看到我在琴房里偷懒必定要拿尺子揍我，今天反而奉上一张张笑脸，劝我别紧张。

我怎么敢告诉他们我已经完全不会弹琴。

一定是紧张。

一定是紧张。

我现在只能寄希望于对手水平不佳。

我在网上很轻松就找到了对方弹琴的视频，每个视频里他都戴着面具，一开始我对这种哗众取宠的行为嗤之以鼻，直到他真的开始弹琴，每一个音符都被他赋予了强大的生命力，他的水平绝对要高于原来的我。

我的父亲、祖父、曾祖父都在他们那一代的比试中获胜，我不能让家庭荣誉毁在我的手里。

这一天在琴房过得格外缓慢，太阳变成了一颗快要融化的糖，黏在了远处的地平线上，我的思绪也要被他黏住。

我要去找张三。

我要让他帮我制造一个幻境，这样我一定能赢。

五

一入夜我便去敲了张三家的门。

三声敲门声之后，门开了一条小缝，张三朝外张望了一下，看着周围没人，便把我拉进了屋。

"我知道你找我要干什么。"

没等我开口他就率先发话，"不可能的，我比赛的时间和你是同一天。"

心瞬间就凉了一半。

"不过，你可以自己试一试。"

"我自己，怎么可能？"

"据说有天赋的幻境工程师不需要人教便能制造幻境。"

"这怎么可能……"

我还没来得及说完，张三就塞了一本书到我手里。

那么厚重的一本书，每一页只写了相同的一句话——

"请集中你的注意力，然后用尽全力创造一个你想象的情境来，并更改幻境中所有人物的记忆。"

我指着这行字，回过头看向张三，"这样真的就可以？"

"嗯，你去试试看。记住，构造幻境之前千万不要让别人发现你，在幻境里千万不要露脸。"

我在屋子里随便找了块毛巾把脸遮上，躲到张三身后，集中自己全部的精力。

地面上的黑影逐渐浮动，光亮消失，世界开始快速下坠，再一次睁开眼的时候，已经来到了一座音乐厅。

"到时候你可以在演出开始前先躲到后台，然后在演出开始后将所有人都拖入到幻境之中，你可以操控你创作出的幻境里的所有东西，包括声音、光线、画面甚至时间等等。"

我摘下脸上的毛巾，幻境瞬间坍塌。我们又回到了原处。

"你为什么要帮助我？"

张三避开我的目光，答道："我希望你赢啊。"

六

比赛当天，我早早到了现场，躲到了后台一间化妆室，并给自己也准备了一副面具。

观众很快停止入场。一个黑影从舞台背后的一个角落里缓慢升起，紧接着黑影不断扩大，整座剧场顷刻间落入黑暗之中，在瞬间又恢复了光亮，没有人知道到底发生了什么。

我仿佛早就熟悉制作幻境，按照常理，第一次制造那么大那么多人的幻境理应很费力，我反倒非常轻松，反而自己弹琴的机能全都遗失了，让人愈发感到不安。

而且当我制作完幻境之后，我能感觉到冥冥之中有一股力量在和我对抗。

我今天也准备了一副面具，按照之前抽签的顺序是他先弹奏。

他依旧戴着面具上场，我在后台能看着他的背影，依旧笃定。

等他开始弹奏第一个乐章时，一切都按照我的计划展开。

——舞台下所有的观众都只能听到我修改后的琴声，而台上的他却浑然不觉，继续沉醉在自己的演奏里。

然而一切都不如我想象的那般顺利。

我能感受到有人在拖慢整个幻境的时间。

整个幻境的时间理应由我来掌控，但是我能清楚地感觉到时间的流逝在不断减慢，我努力加快时间。然而我每加快一点，时间又会被调慢。

有一股力量在和我对抗。

而我不能集中全部精力去应付他，我还需要控制观众听到的琴声。

这应该是世界上最漫长的五分钟。

当我坐到钢琴前时，我能明显感觉到这股力量的加强，追光打在我身上，晃得我有些出神，我望了眼底下的观众，密密麻麻来了不少人，仿佛一片砍倒后的树桩，这让我总有一种熟悉的感觉。

不存在的琴声慢慢传递到观众席上，似乎并没有人察觉这其中的异样。只是那股和我对抗的力量不断加强，我的注意力被不断分散，幻境的南部也因此出现了异动。

我的神经仿佛被一只冰冷的手捏住，无止境的头痛攀上我的脑海。

巨大的撕裂感让我难以安坐在琴凳上，在疼痛之中我从椅子上摔落，面具从脸上滑落。

整个幻境瞬间崩塌。

观众完全不清楚到底发生了什么，吵闹声尖叫声此起彼伏，现场乱成一团。

然而我却能清晰地感觉到，时间的流动依旧在放缓，只是这次我完全无力阻止。

我看到自己的对手逃入了人群之中。在不断放缓的时间之下，他的所有动作变成了一组组慢镜头，我终于想起他像谁了。

霎时间脑海里又传来阵阵疼痛。此刻，更深的记忆轰然袭来。

这是一场比赛，但是无关琴技。

我要找到张三，我要摘下他的面具。

七

那个钢琴家就是张三。

这个世界本身就是他制作出来的幻境，因此他才能控制时间。

我就是他所说的敌对的那个幻境制造师，我本来就不会弹琴，之前那些记忆都是他瞎编的，而这个幻境才是最大的比赛。

我们正是那两个敌对家族的幻境制造师，现在他的幻境已经被我识破，他想要拖延时间取得最后的胜利。

我冲向人群，越是向内靠近，遇到的阻力越大，而与此同时，他在不断增加我们之间的地理距离。

突然间，所有人群全都消失，张三直接站在我面前。

"摘掉它吧，这样你就赢了。"

我嘴巴不由自主地张开，下意识地向后退了一步。

"没关系的，来吧。"

随着一声异响，一只面具掉在了地上，整个幻境轰然倒塌。

我又回到了之前的那个音乐厅，只不过不再位于幻境，而是现实中我和张三两家对决的那个地方。

尾声

我最终赢得了这场比赛，捍卫了我们家族的荣誉。

是张三故意让我赢的。

他在比赛中三番两次地给我暗示，让我找回记忆，都是为了我能获胜。

他对幻境工程师毫无兴趣，他学习制造幻境只是为了顺从他父母的心愿。他真正感兴趣的，还真的就是钢琴。

比赛结束后，他的父亲在一片唏嘘中走向了他，默默地叹了口气，便带着他消失在人群之中。

　　我们的家人都不清楚比赛里到底发生了什么，张三在被他父亲带走之前朝我笑了一下。

　　而自此以后，我再也没听到过张三的消息，只是听说他转行不再干这个了。

　　而再一次相遇，那要等到很久以后，我在广场上看到他的演奏会。

　　不知道他有没有看见我。

魔境之城

By 郑在欢

> "魔镜，魔镜，谁是全天下最美的女人？"
>
> ——白雪公主她后妈

1

大约公元前 800 年，白雪公主她后妈，一个漂亮的女人，用几十年如一日的自信口吻向她的镜子提问，"魔镜魔镜，谁是全天下最美丽的女人"，不料镜子不懂政治，诚实地给出一个否定答案。于是由此引发了一个凄美的爱情故事。便宜了七个小矮人和以接吻见长的王子。

骄傲的皇后当然受不了否定答案，这不亚于你整天站在穿衣镜前勇敢地自我欣赏的女朋友，不管是换一件裙子还是穿一双袜子，不厌其烦地问你，好看吗好看吗？如果你想好好过日子，就算她像 lady Gaga 一样把昨天的剩面条披在头上当假发，也要毫不迟疑地说好看。

记住，不管在何时何地，何种何姓的女人都需要不吝辞藻的赞美，把女人夸成一朵花，比送她一朵花更能促进社会和谐。

如果都像坏皇后的魔镜一样诚实的话，是不利于社会稳定的。

好在现在是 2015 年，一项伟大的发明让世界呈现出一派祥和的气息，甚至是在以钩心斗角见长的女人中间。

照相机的发明，让女人对魔镜的需求更加穷凶极恶，无论什么场合，都是她们放置魔镜的地方，不管是朋友圈还是买家秀，减肥 APP 或者业主论坛，只要出现照片，不管拍的是脚趾还是胸部，或者用马赛克遮住的额头，如果你是一个好人，那就做专属于她的魔镜，勇敢地点赞，给她肯定答案，告诉她天下女人千千万，只有她是 No.1。

幸亏有这一项伟大的发明，随着魔镜 2.0 问世，女人们在脸上首先实现了共产主义。魔镜不再只讨白雪公主的喜欢，每个女人在镜子里都美若天仙，袅袅婷婷。这项发明的专利持有人，刘末，只是一个普通的哈哈镜鸭货店打包员，如今已然成为全世界最炙手可热的明星，各国元首争相给他发勋章，无数女人追捧他，想从他那里得到更多的美丽。他是一个好小伙，坚持劳动人民的本色，始终如一，尽管身价无可估量，依旧深爱着自己的初恋，一个理发店里的实习生。

"她在所有人都不爱我的时候选择了我，让我知道什么是温柔，什么是爱情，我的爱只属于她。"面对世界各地通过各种方式发来的求爱信息，他坚定地回答。对于自己的伟大创举，他同样坦诚以待：

"这只是一个无心之举，我没有想过改变人类拯救世界之类的事情，我这辈子唯一的梦想，就是攒够钱，建一座属于自己的房子，和珊瑚结婚，生儿育女。现在这种局面已经超出我的能力范围，我会退出魔镜的研发，把这项工作交给更有能力的人去做。"

全世界都在为魔镜狂欢，只有他，一个来自四川的朴实小伙子，显得忧心忡忡，只想尽快脱离这种疯狂的局面。

2

魔镜通过刘末之手重现人间，他的急流勇退没有打消身上的神话色彩，相反，很多人认为他心存私念，想要扮演上帝的角色，躲在家里研制魔镜 3.0 之类的东西，重新给美划分三六九等。刘末无从辩解，只能躲在半山别墅里，想要和珊瑚过平淡的日子。

刚开始，珊瑚还像对一个英雄那样待他，对他百依百顺，和从前一样知足快乐。巨大的成功把他们变成富人，可以毫无顾虑地大办婚礼，计划生孩子和环球旅行。在这片占据全城最好风景的大房子里生活了一段时间之后，他们慢慢开始有了争执。刘末的知名度无法让他们像以前一样默默无闻。他只能选择躲起来，或者面对由自己发明的各种镜头以及镜子。

珊瑚痛恨他的软弱，她喜欢魔镜风行的时候，他们往返各国，穿梭于各界名流之间，照片出现在当地报纸第二天的头版上。她频繁地溜出门去，勇敢地面对镜头，当然也有质疑：

"珊瑚小姐，刘末为什么要藏起来，他是不是背着所有人在升级魔镜?"

她想要刘末陪她一起出现，打破人们的猜忌。刘末却像畏光的老鼠一样畏惧他所创造的盛世，他不知道该如何接受世人的膜拜，也不知道这样的局面是好还是坏。他同样不想让珊瑚伤心，他深爱着她，即使知道她不漂亮，现在，几乎所有人都带着由魔镜制成的镜片凝视自己的爱人，就连珊瑚也很少把眼睛摘下来，只有他，永远对珊瑚裸眼以待。

"我爱的是你，又不是你的样子。"他说，"更不是你镜中的样子。"买下这座房子的时候，他想要用普通的镜子装修房间，珊瑚死活不能接受，他只好在书房放了一块小小的普通镜子，"我不想忘记自己真正的样子。"他说。珊瑚不能理解，这大概是世界上最后一面不能把人变美的镜子，因为这面镜子，珊瑚再没进过他的书房。

3

其实魔镜能够风靡世界，很大程度得益于珊瑚的发现。那时候，刘末只是一个普通的哈哈镜店员，坐在位于东直门的总店里，每天的工作就是接过客人的订单，从货架上拿出一盒盒鸭头鸭掌、鸭脖子鸭肠，还有鸭的心脏、鸭的翅膀。他不明白，鸭身上的鸡零狗碎为什么那么好吃。小小一盒，二十多块，辣得人涕泪横流，第一天辣完喉咙，第二天接着辣菊花。他一点都不喜欢吃，也谈不上喜欢这份工作。直到珊瑚出现，他才觉得这份工作有了意义。来买的大多是女孩，或者陪着女孩的男孩，或者独自一人来买回家给女朋友吃的男孩。

　　每天接待那么多女孩（大多都很漂亮），他从未动过心，他知道，这些随随便便买几百块钱零食的女孩跟自己不是一个世界的动物。他按照单子把货物拿出来，两盒两盒摞在一起，套上双层的塑料袋，递到女孩们柔弱的小手上，将手上残留的油脂抹在手边的抹布上，转而接过下一张单子。整个过程他很少说话，甚至很少抬头，他就这样在鸭头鸭掌和女孩们的手上度过漫长的一天，回到胡同里的出租屋，抽一根烟，听几首歌，然后倒头睡去。然而那天，他下班后没有直接回家，而是和一个女孩走到不远处的簋街，生平第一次吃了八块钱一只的小龙虾。

他之所以抬头，是因为这张单子——很多顾客都是特地过来，或者从簋街吃完饭顺道买回去，大多都要撑满一个塑料袋——这张单子只有一盒鸭头，他拿起了很久不用的小号塑料袋，然后抬头看了一眼这个节俭的女孩。他认出了她。

"是你。"

"就是我啊。"珊瑚绽开一个特大号的笑容，她总是这样笑，那让她的眼睛看起来更小了，"总听你说你在哈哈镜上班，我今天特别想吃，就来买了，怎么样，熟人给不给打折？"

"你早说啊，我买给你吃。"

"切，就会嘴上说。"她依然笑着，说出这个过时已久的流行词汇。

"我从来不要嘴皮子。"他说，"你等着，等我下班了请你吃龙虾。"

4

她不是一个爱客气的女孩。他就喜欢她这样，爽利，爱笑，不做作。珊瑚工作的发廊在不远处的胡同口，他每个月固定去一次。半年来，他们一共见过六面，其中有四次，是珊瑚帮他洗头。在短短的三四分钟里，珊瑚不遗余力地向他推荐各种染烫业务，直到他明确表示自己不需要。没想到珊瑚一下就记在心里，下一次他再去的时候，珊瑚一句都没有提。她随意聊起别的，说北京太过干燥，还是喜欢自己的家乡。

"你也是四川的啊？"刘末欣喜地说起家乡话。

"啊，你也是？"

为了显得亲切，刘末用方言和她聊天。她回了几句，慢慢又变回普通话。他们回忆起家乡的习语和景色，暂且逃离北京的闷热，丝毫觉察不到刘末的头已经洗了那么久。回忆完过去，他们又接着展望未来。珊瑚立志要做一个美发师，以后还要去学化妆，把身边的人都打扮得漂漂亮亮的。

"这里每一本杂志我都看过。"珊瑚说，"时尚，现在全世界都讲时尚，时尚是什么，时尚就是漂亮。如果你能把别人变得漂亮，别人就会尊重你。我前几天在杂志里看到一个叫沙宣的人，就是那个洗发水什么的，他一下子设计出一款新发型，所有人都来找他做造型。我的梦想就是学好手艺，大胆创新，创造出一款以自己名字命名的发型。"

　　"厉害，"刘末说，"我相信你。"

　　"你呢，以后想干什么？"

　　刘末无言，他不知道自己能干什么，从小到大，家人都教育他要好好攒钱，娶妻生子。他只知道自己要攒钱，又觉得攒钱不算一个具体的事情，不像珊瑚的梦想那么值得一提。珊瑚还在自顾自说着对美容美发的心得，他看着镜中她洋溢着希望的脸，跟他在网上看到的那些美女身上的美没有什么关系，他却由衷地感到亲近，鼓舞。后来他主动提出，要珊瑚在他头上练习，在哈哈镜见到她时，他头上正顶着她不算成功的学生作品。

5

那顿饭吃掉刘末整个月的生活费，平常吃拉面都不舍得加蛋的他一点都不心疼。他觉得这是自己能挣钱以来，花掉的最有意义的一笔。

从那之后，哈哈镜多了一个常客，她经常什么都不买，只是坐在角落等他下班。作为一个从事和美相关行业的女孩，虽然本身并不算美，她还是像所有爱美的女孩一样喜欢弯下腰，对着柜台边的镜子理理头发，鼓鼓嘴皱皱眉，做些极具探索性的表情。很多时候她都很高兴，有时候也会抱怨自己不够美。

"要是眼睛再大一点就好了。"她嘟着嘴撒娇。

每当此时，刘末都觉得她特别可爱。他又不知道怎么安慰她，就故意板起脸，一本正经地说："谁说的，我们珊瑚最美了。"

"你啊，那是情人眼里出西施。"

"在情人眼里你是西施，还管别人怎么看你。"

"人家就是想更好看嘛。"珊瑚故作委屈地撒娇。

刘末大概能理解她对美的执念，他当然希望她能越来越美，又不禁担心她真成了那种绝世大美女自己怎么能配得上她。他在柜台外面的角落特地放了一把凳子，珊瑚坐在那里等他，刚好对着镜子，她看着镜子里的自己，和刘末有一搭没一搭聊天，制定下班后小小的计划，去超市买菜，或者步行去后海散步。刘末发现她越来越喜欢照镜子，每次都用抹布把镜子擦得干干净净，等着她过来。他常常一边擦一边说：

　　"镜子啊镜子，把我们珊瑚照得更好看些吧，让她像西施一样漂亮，不，西施是古人了，让她比范冰冰还漂亮吧。"

　　有一次珊瑚走进来听到他这么说，感动得眼泪汪汪，她抱住他，带着哭腔说爱他。从此他擦得更勤了，每天把镜子抹得油光瓦亮，等着珊瑚出现在镜中。

　　事情就是从这时开始变得不对劲，珊瑚坐在对面，发现每个来拿货的女孩都会弯腰去照这面镜子，并且流连的时间越来越久。

6

　　"这面镜子照人真好看。"有一天一个顾客对同伴说。

　　"是哎，我的脸怎么那么小，痘痘也不见了，等下等下，我拍个照，这镜子简直自带美颜效果。"

　　哈哈镜鸭货店的镜子能把人照得好看，人们好像一夜间知道了这个消息，一时间顾客大增。刘末注意到，珊瑚朋友圈更得越来越勤，都是她在这面镜子里的照片。

　　"真是魔镜。"女孩们由衷地感叹，大家似乎都醉翁之意不在鸭，趁着取货的空档在镜子前疯狂自拍。

　　"你对这面镜子做了什么？"趁着下班前人不多，珊瑚把刘末拽出来，"你看，我的眼睛本来这么小，一到镜子里就像范冰冰一样大，下巴也窄了很多，连皮肤都变白了。"

　　"不可能吧，哪有那么神奇。"刘末觉得是这些整天自拍的女生的错觉。

珊瑚把他摁到镜子前，"你看你，本来一个地包天，现在牙齿整整齐齐，下巴像刀削一样，你啥时候那么帅了。"

刘末看着镜中的自己，慢慢变得惊恐，这个人真的是自己吗？他知道自己牙有问题，从小就下巴突出，同学们都嘲笑他，叫他类人猿。他冲镜子张开嘴，真的是自己，他用手摸了摸嘴巴，发现问题还在。

"这，怎么回事。我和镜子里是一样的吗？"

"不一样。"珊瑚说，"所以我才问你对这面镜子做了什么，它为什么会主动修复人脸上的……缺陷？"

"难道是真的，我不是在做梦。"

"什么，你做什么梦了。"

"没、没什么，我还以为自己在做梦。"刘末说，他又掐了下自己。

"你再仔细想想，你每天面对这面镜子，它怎么会变成这样？"

刘末努力回想，紧张到手心出汗，他又想起那个梦，那只又大又黄的鸭子，张开两片扁扁的嘴问他，"你真的想让珊瑚变美吗？"

"想，我想让她完美无瑕。"

"那你要答应我一个条件。"

"别说一个条件，一百个我都答应……"

那只鸭子要了他的视力。"你每造一块魔镜，就要给我一部分视力。"他不明白鸭子要视力来做什么，鸭子也没说怎么帮助他。现在他不得不重新考虑那个梦，鸭子究竟做了什么？他拿起柜台上的抹布擦手，猛然间想起，"对了，我每天都用这块抹布擦镜子，好等你来了照。"

"一块抹布怎么会有那么神奇的力量？"

在珊瑚的建议下，他们把抹布带回家，擦了家里的镜子。珊瑚发现镜中的自己只是发生了一些变化，并不像店里那一块那样有那么大的魔力。

"看来还是擦得不够多。"珊瑚说。他们两人擦了很久，抹布脏了，珊瑚拿去洗，再去擦的时候发现镜子又变得和普通镜子一样。

"怎么失效了呢?"珊瑚说,"这块抹布你从哪里得来的。"

"就是以前的旧毛巾。"刘末说,"我拿货的时候手上总是沾到油,就用它擦手。"

"是鸭油!"珊瑚跳起来,"看来丑小鸭变天鹅的童话是真的。刘末,我们要发财了。"

7

他们很快就发财了。刘末在珊瑚的嘱咐下买来鸭油和各种镜子,用刷子将油刷满镜面,第二天再清理干净,一块普通的镜子就变成了能将人变美的魔镜。奇怪的是,这件工作只能刘末去做,珊瑚刷过的镜子根本没有变化。刚开始,他们向慕名而来哈哈镜自拍的顾客兜售这些镜子,从五百元一块到两千一路看涨,女孩们疯了一般抢购。当价格飙到五千的时候,一家公司找到刘末,提出批量生产魔镜的想法,刘末没想到这种会骗人的镜子竟然那么值钱。在珊瑚的坚持下,他们成立了魔镜工厂,刘末占有一半股权。

魔镜以想象不到的速度占领全球，各个城市都以有魔镜装潢的商场为荣，当然，有了魔镜的商场销量直线上升。足够有钱的人买来魔镜制成的眼镜，好莱坞用魔镜制成的镜头拍电影，魔镜的需求量越来越大。但是魔镜却有一个致命的缺陷，如果过一段时间不更换就会失去魔力。

就在这时候，刘末突然宣布退出魔镜的研发。

整个世界都炸了，魔镜工厂的原料慢慢用光，各地的魔镜都在失去效力。魔镜的价格极速飙升，谁都想抓住这最后一丝商机。可珊瑚却无论如何都无法说服刘末重新出山，一家电影公司找到她，只要她能拿出魔镜制成的镜头，就让她做女主角，为她量身打造电影大片。这时候魔镜工厂出产的镜头已经少到很少有人买得起，她只能趁刘末睡着的时候，拿起他的手，为镜头涂上鸭油。

电影公司用珊瑚拿来的镜头，找来一帮歪瓜裂枣的演员，同样可以拍出美轮美奂的偶像剧。珊瑚

很快就圆了自己的梦想，成为万千女性心中的完美
女神。美艳的银幕形象被粉丝贴在床头，被商家挂
上大楼。

　　珊瑚还没来得及享受自己的成功，就被这突如
其来的成功禁锢住了。随着各地的魔镜渐渐失去效
力，珊瑚利用刘末睡着时做的镜子根本不够用，走
在街上，人们可以一眼认出她的本来面目。刚开始，
她还可以去那些仍然戴着魔镜眼镜的人常去的高端
聚会，后来，连那些能买得起魔镜的人都买不到了。
经济公司开始限制她的自由，让她不要随意抛头露
面。她只好在电影里做被人艳羡的美人，生活中却
只能躲起来。

　　她对刘末爱恨交加，不明白刘末为什么放弃这
件造福全人类的事情，不去和自己双宿双飞，共同
接受鲜花和掌声。刘末一直不能给她一个满意的解
释。在她趁着刘末入睡做的最后一个魔镜用掉之后，
刘末已经连续五天不能入睡。眼看下一部影片就要
开拍，她却拿不出镜头。连她的梳妆镜都失去了效
力，她看着镜中原来的自己，说不出的陌生，她接

受不了自己是这个样子。终于，她对刘末爆发了。

　　她强行拉着刘末的手，让他给镜片涂上鸭油。刘末誓死不从，镜片落在地上，划伤了珊瑚的手。听到珊瑚的叫声，刘末担心地去抓她的手，却在空气中乱摸一通。

　　"你怎么了？"珊瑚说，"你的眼睛怎么了？"

　　"我快看不见了。"刘末说，"我不想再也看不到你的笑容，你都多久没笑了。"

　　"你是病了吗，我们去医院。"

　　"医院救不了我。"刘末说，"还记得我跟你说过的那个梦吗？"

　　"什么梦？"

　　"那个梦是真的。"刘末说，"我看你那么爱照镜子，就祈求镜子能把你照得好看一点。没想到它真的答应我了，那只鸭子，让我可以把镜子变成你们想要的样子，作为交换，它要夺去我的视力，去看一看人类的样子。你们照的魔镜，其实是那只鸭子的眼睛，魔镜越多，我的视力就越弱。在我意识到自己就要失明的时候，我只能停止制造魔镜。我不想再也看不到你，不管你在别人眼里多么漂亮，我只想看到当初认识的那个你。我知道你趁我睡着时制造魔镜的事情，一想到那能让你开心一点，我就不忍心制止你。可是就在前几天，那只鸭子突然对我说，我就要瞎了，我再也没有利用的价值，它要去寻找新的宿主去了。那个宿主，必须要全心全意爱着一个女孩，才能造出魔镜。我不想让它再去祸害别人，就把它关在地下室。这些天来，我一直想把它杀死，可是一靠近它，我就什么都看不见……"

听不善言谈的刘末一下说出这么多，珊瑚哭成了泪人。她意识到刘末到底有多爱自己，而自己却为了那些不相关的人的赞美徒增烦恼。如果最爱自己的那个人再也看不到自己，纵使倾国倾城又有什么意义呢？

"带我去找它。"珊瑚说。

"它很危险，你赶快离开这里吧。"

"不。"珊瑚说，"它让我做了那么长的一个梦，现在是梦醒的时候了。"

8

　　刘末打开地下室的门，珊瑚看到了那只又大又黄的鸭子。因为魔镜越来越少，它无法收集到人类足够的虚荣心，已经奄奄一息，浑身恶臭。

　　珊瑚走近，它突然容光焕发，两只巨大的眼睛里映照出珊瑚曼妙的身影。

　　"看，你多美丽。"它对珊瑚说。

　　"不，是假的。"珊瑚说，"我不会再相信你了，我不是这样的。"

　　"只要你愿意相信，你想变成什么样就是什么样。"鸭子说着眨了眨眼睛，珊瑚在它眼中的倒影不断变幻，"只要你愿意相信，你就是世界上最美的女人。"

　　"这是自欺欺人。"珊瑚说，"从现在开始，我只做自己。"她从包里拿出化妆镜，看着镜中的自己，还是那个平凡的女孩，只是眼中多了几分疲惫。她对着镜子笑了笑，这样的笑容她已经很久没有看到过，平凡，但真诚。

"我可以实现你的全部梦想。"鸭子仍不死心。

"那就让刘末重新看到我。"珊瑚说,"不然我就杀了你。"

"那是他的选择,他必须为此付出代价。"鸭子说,"现在喜欢你的人那么多,你随便找一个冤大头,就可以让魔镜再次遍布世界。"

"我不会再欺骗自己,也不会再欺骗别人。"珊瑚说,"魔镜让我迷失了太久,忘记了什么才是最重要的,现在,你是时候消失了。"

珊瑚把镜子摔在地上,拿起碎掉的镜片刺进鸭子的眼睛。它深邃的眸子流出鲜血,像黑洞一样吞噬着虚假的幻象。破碎的眸子闪现出无数照镜子的人,他们表情各异,有的美,有的不美,却都一样生机勃勃。珊瑚用满是鲜血的双手抱住刘末,对他说,不管你能不能看见我,我都会像以前一样笑给你看。

两个人久久地抱在一起,在他们身后,那只又大又黄的鸭子瘫缩在地上。这个虚荣的产物,最终被幡然醒悟的双手杀死。它所创造的美丽,只是虚幻的倒影，终究胜不过人心的考验。

9

很多年后，头发已经白了半边的珊瑚对年幼的小孙女讲起丑小鸭的故事，"丑小鸭变漂亮了，因为它本来就是天鹅。还有一只丑小鸭就不太走运了，因为她一直都是丑小鸭，但是后来她也变漂亮了。"

"为什么呀？"小女孩问道。

"因为她遇到了最喜欢自己的人。"

"谁？"

"就是他呀。"珊瑚捣了在旁边晒太阳的刘末一拳，"虽然爷爷什么都看不到，但他知道谁是最美的。"

"谁是最美的呢？"小女孩更好奇了。

"魔镜魔镜，谁是全天下最美的女人？"

"是胡珊瑚。"刘末说，"胡珊瑚你烦不烦啊，都问了多少次了。"

杀观众

By 何星辉

这样一件骇人听闻的事情发生在安平省，一个早在十五年前犯罪率已降为千万分之一的理想地域。犯人的名字叫黎冰，四十五岁，身高六英尺，光头，眼睛高度近视。这样一份机密档案是我在一只抽屉里找到的（抽屉上了锁，毫无疑问）。抽屉的主人是北朝的总警监，百分百的酒囊饭袋，因此上级把我安排到他的手下，趁机窃取情报。然后我不费吹灰之力得到了这个。总警监的办公室大约有四十平米，里面安置了一张弹簧床，床头正对着窗户。我轻松地躺在上面，阅读着档案里接下去的文字，月光正好照射过来，看得一清二楚。我本来只打算快速浏览一下有关案情的描述，但是执笔的那个家伙文笔实在是太好了，我不由自主地被吸引了进去。需要说明的一点：我平常不爱看小说，也不爱看影视；但也许就是这个原因，我被迷住了。

　　黎冰是一位剧作家，供职于一家有名的先锋剧社。童年时期的受虐待经历使他对自己的作品，即超越人格的自身，表现出极度的狂妄和自恋。与此相对应地，他根本不欢迎任何尖锐严厉的批评。他只接受沉默的观众，并认为观众就像是一群围绕着糖罐的蚂蚁。而我们的国家，如我们所知，在没经历那次"文艺大裂变"之前，是一个富裕文明的国邦。我们曾以高素质的国民和大量的知识人才而自傲于国际。从这个角度来说，黎冰并不缺乏肚量宽宏、欣赏他的才华的观众。如果没有记错，黎冰曾两次登上了《文艺周刊》的封面，途径是通过观众票选的。他还在一次采访里说过——感谢他的粉丝和观众。

但是鬼知道是怎么一回事，他有一天突然写了一个剧，名字叫做《杀观众》，据说灵感是在一家餐厅跟一只苍蝇对话后得到的。与其他作品不同的是，除了拒绝接受美学之外，此剧还自始至终体现了某种反人道的倾向。剧社的领导班子普遍认为此剧过于前卫、骇人听闻、不堪卒观、场面血腥，拒绝将此剧排演。为了这个，黎冰还跟社长大吵了一架。第二天，剧社的领导班子觉得此事非同小可，于是给市里的文艺委员会写了一份报告，并把黎冰的剧本提交了上去。对此黎冰完全不知情。他了解到情况是在五天以后，一封同时寄给剧社和他本人的省级公函声明：经考察，此剧本烂俗透顶，影响极差，禁止此剧进行任何形式的排演，并严令作者不得再创作此类作品。黎冰对此通告感到愤恨难平，在接下来的半年时间里，他多次试图推动剧本的排演工作，但全部以失败告终。于是渐渐地，他的头脑中产生了一个疯狂的报复性想法。

他决定杀掉一名观众。

作案的前一周，黎冰做了充分的准备。简单而有效的作案工具是必需的。他在市东、市西、市南、市北和市中心的百货里分别选购了以下物品：一把中型的钨钢刀、一件薄胶雨衣、一双手套、一只口罩以及一匝五十米长的铁丝绳。此外还有一件物品，Husian 牌 DV 机，是他几年前买的。他用一只公文包把这些东西都装进去，选定了星期五作为行动日期。星期五是他往常交稿的日子。出门前他特意换了一双皮鞋。他有一辆上海大众（如果这也算是作案工具的话），他把车开到一家鹅饭店前面，什么也没干，单纯待在车里放一张巴洛克风的碟。当时大约是上午 11 点 40 分。那是一家生意惨淡的饭店，客人行人寥寥，唯一的目击者是饭店老板（注：口供真实性不可考。此人一度因生意凋零而意图自杀）。据此人回忆，直到将近 13 时黎冰才把车子开走。黎冰或许只是为了等待一个合适的时机。星期五的另外一个含意是，在这一天有少部分人不会去上班，而是待在家里进行有氧运动（即网络上流行的"午后狂欢"）。黎冰到达被害人家门外是 14 时 05 分，被害人正在练单杠。黎冰敲开了被害人的门，被害人开门后感到很吃惊，他没想到自己的偶像会在此刻光临。补充一点：被害人名叫王械，三十岁，是黎冰的忠实粉丝兼熟人，两人经常通过网络交流，现实的会面却不多，一共只有两三次。当时王械受宠若惊地请黎冰上座，黎冰冷冰冰地拒绝了。王械家里的监控器详细地把一切记录了下来。黎冰对王械说：你玩你的，我到处看看。接着他旁若无人地在王械的房子里瞎逛。录像里的他此时看起来就像一条大狗。大概过了三十分钟后，他回到客厅，问王械，映视机在哪儿。映视机的巨大屏幕挂在每个家庭客厅的墙壁上，他不可能不知道在哪。忠厚老实的王械依然认真地指给他看。黎冰问：平常都爱看些什么？王械回答：经常有看您写的剧。黎冰说：有买了录像带？王械说：有的。黎冰说：拿出来放一下。于是王械到一边的书架前面翻找着录像带。背对着黎冰。这时黎冰悄悄走到王械身后，用一只花瓶迅速地往王械后脑勺来了一下。凶器碎了一地，然后王械倒在了地板上。

被害人在三十分钟后醒来，此时是 15 时 27 分，他发觉自己被困在一块床板上面。通过监控录像，我们可以清楚地了解到王械这段"无意识"的经历。黎冰拆了王械家里一块床板，并用铁丝绳一圈圈地把王械固定在上面，看起来就像初中生做物理实验时变阻器的匝圈。接着，黎冰找了一张高凳把 DV 机架了起来。（注：此处相当关键！）摄像头对准了王械，并按下录像键。镜头里，王械露出了恐惧的神情。可怜！但是黎冰根本不会在意这个。他已经穿上了雨衣，戴好了口罩和手套。他问王槭：看过这个？他手里拿着的是两年前他写的一部剧的带子。名字叫《比赛：把椰子掷入大海》。王槭无疑是看过这部剧的，而且反复不下五遍，但是他迟疑着，思考着一个最能满足黎冰的答案。每个人都有着最基本的求生意识。然而这些努力后来被证实都是徒劳的。我们能够百分百确定的一点是：无论王槭选择哪个答案（看过或没看过），他都要被强制观看一遍，然后以观众的身份被处死。这点很容易让人联想起七八十年前，最后一个宗教灭亡前所风行的殉众礼。

　　王槭诚实地回答：看过好几遍。还能背出百分之八十的台词。他以为这么说能唤醒黎冰的良心。然而黎冰只是点了点头，接着转过身去，开始放录像带。屏幕嘟的一声一下子跳到了那个穿围裙的男人爬椰树的镜头。黎冰向王槭解释说这是为了确认王槭的观众身份。直到此时王槭仍然不清楚黎冰要对自己做什么。接下来，两人安静地看完了录像二分之一的内容，王槭专心致志地，记下了一些他遗忘了的台词。比如："来自海上的撕裂的荷尔蒙"、"吐鲁番火洲的望梅止渴式的宫殿习俗"、"你的帽子上为什么沾上了猩猩的血"、"决斗之前必须了解的三件事物——头发、生铁、氯胺西乙粉末作用在实验鼠身上的效果"……这时黎冰从公文包里掏出刀，走到王械身侧，在他的肋骨之间轻轻插了进去（王械发出了一声焦虑的惊叫）。几秒后刀子被拔出来，血喷出时使得周围的皮肤一瞬间被烤焦了，蜷缩着，如发黑的面团（注：正对着被害人的 DV 机忠实记录了一切，然而它作为最重要物证已经不存在了。原因在后文提及）。血液一共流了一分钟左右，接下来是胸膜渗液，干净得像是自来水。这样熟悉又陌生的画面，只在世纪之初的家庭读物的插画中见到过。除此之外，在监控录像里我们还发现了其他类似的隐喻，比如被害人的第十三对肋骨。我们都知道，正常人只有十二对肋骨，每一边只有十二根骨头，可是黎冰在每一边都多刺了一刀（正常情况应该是十一刀）。尸体上的刀伤数目跟监控录像里的情形一致无误。黎冰一共刺了二十四刀，每一刀都精确地穿过皮肤、肋骨与肋骨之间的肌肉以及更内在的肺、膈、肝、胃和脾。黎冰的刀法连解剖员也感到非常震惊，我们一块观看录像时，他一个人尖声大喊：太残酷了！然后承受不住地晕厥了过去。而之后对被害人的尸体解剖表明，被害人的生理上是正常人类，并没有凭空而生的第十三根肋骨。后来的事情众所周知，我们的人文学者分为两派（即"矫斥论"和"离异说"），对这些可怕的隐喻性进行了一场大论战。谁也不服谁。动乱就是这样开始的。

回到现场。王槭身上的液体在黎冰刺到一半的时候就流干了。监控画面里，地上一片黑乎乎的东西。王槭的叫声使我们心烦意乱，于是我们不得不一开始就关掉了声音。但酷刑仍在继续。凶手的冷静和被害人的激舞构成了一副对比。黎冰刺完了所有的刀数时，时间定格在16时57分。他做出了一个抹汗的动作，吁口气，接着坐到了沙发上。此时墙上的大屏幕还在放映着，还有四分之一的内容。一分钟后黎冰走过去关掉了映视机，拇指在电源键上摁下去，咔嚓一声，图像里的大海和笑脸归于虚无。接着黎冰走到王槭的尸体面前，观察了片刻，仿佛是对初步完成的作品的审视。我感觉他观察的时间比真实的时间要长。恐怕他自己的感觉也一样，没错，是的，绝对。之后他便收拾东西，沾血的钨钢刀，用剩一半的铁丝绳，详细记录了暴行的DV机，还有脱下来的雨衣、口罩和手套（它们都沾上了血迹），全塞进公文包里。他夹着包，抬步走到门口，穿好鞋，拉下电源总闸，然后打开门走了出去。监控录像上显示的时间是，17时16分。

黎冰回到自己家里已经18时过30分，他喝了一杯水后开始脱衣服洗澡。在浴缸里他差点滑了一跤。泡在水里时他边抽烟边用手机刷新闻，吸了一半的烟头直接扔进浴缸里。待够了半个小时后他离开浴缸，用毛巾擦干身体。实际上他一点儿也没洗。他只是感到干渴和烦躁。本来他计划好在家里待上三个钟头以上的，他在随手记里这样写道：22时，或者23时，去公安局自首。这是他在日记里的最后一句话。但是他后来临时改变了计划（这是本案的一个重大疑点）。是什么具体的原因，我们已经无从知晓。能确定的只有事实：在晚上 20 时左右，他心血来潮，离开了家，并且身上带着那只黑色的公文包。

在路上他度过了将近四个小时。他那辆上海大众上面的导航标记出了他的行踪。从生成的街道地图上可以看到，他驾车的路线团成了一个红光耀目的椭圆，而且接下来的三个被害者的住址全都在这个优美的光圈上。分别是：棘园大道 121 号，土星北街 34 号和鑫龙中心 52 层 C3 号。他光临了这些地点，利用虚假电话的方法（窃贼的方法在这些门锁面前行不通）把他们引出来，其实，只需开那么一丝的门缝，他就能把他们的命运掌握在手里。他分别在这三个人的脑袋瓜上敲了一记，然后把这些晕厥的肉体扛走，堆积在车子的后座上。这三人就是市长、文艺委员会主席和剧团团长。带齐了人后，他把车子开到另一个地方，那是一个新地点，水族二街 91 号，并且，同样在光圈上面。简直奇迹。那里是他十年前住过的旧宅，住在那里时他尚未成名。

三年前他以他前妻的名义买下（他玩弄手段使我们又调查了他的前妻，结果证实她是无辜的），但一直空着。他把车里的三人抬进了这栋外观像一块烤蛙肉的二层小楼。在一楼客厅里，他先将三人手足捆住，接着用铁丝绳的一端缠住他们的脖子，另一端则挂在窗帘上方的横杆上，他把他们吊了起来；当然，一开始他还不想让他们死去，于是他在三人脚下垫上了沙发椅。弄完这些后黎冰出了一身汗，他脱掉上身的夹克，以及里面的一件 T 恤，然后他上半身就光溜溜的了。此时已过午夜，风凉如水。黎冰在黑暗里静默地坐着。除了附近的一座照明塔（它发出的射线从房子的每一丝缝隙透进来），再没有谁能够了解这里的状况了。

由于黎冰的旧宅里没装监控头，我们只能通过采集墙壁的石英，并对其进行光学记忆复原术，获得案发现场的无声画面。画面并不是很清晰。我们看到黎冰从沙发上站起来是在二十分钟以后，0 时36 分，他逐一把吊着的三人叫醒。他们面面相觑，还根本不知道发生了什么事。他们慌乱了一阵子，于是黎冰向他们解释了一下情况。我们目前已经无法得知他们之间的语言交流，就像在看一出几百年前的默剧。观众从画面滑行的雪点之间强插进短促的怒火和无名的忧愁。三人使劲挣扎，但徒劳无功。黎冰没理会，他转过身去，从公文包里掏出 DV 机，坐着看了一会儿机子里面的录像。随后他上了二楼，搬下来一台古董电视机（牌子 TCL，产于 1994年），他把电视机搬到三人面前，接上电源，接上DV 机，然后电视屏幕开始出现画像（开始：镜头里，王械露出了恐惧的神情……）。三人一开始看得云里雾里，但渐渐地，他们剧烈地发起抖来。就像录像里的王械一样。毫无疑问，黎冰再次重复他的伎俩，先给被害人放上一段录像，随后把他们杀掉。不过这次放的是一段真实发生的戏剧。是的，无比真实，真实到了极致（多么讽刺！我们这个虚拟的世界里唯一真实的戏剧）。这次黎冰是主角。他自认为无论何时都是主角。他此时得意的嘴脸，无需借助想象我们便可以感知，他一定会感到很骄傲。他一定会对这三人施以嘲讽，看看吧，这就是被你们禁演的剧！我亲自演给你们看看，一个观众是怎样被杀死的。别闭上眼睛，那没用，你们注定同样是被杀死的千万分之三。你们注定是观众，我们都是观众，没有人不是。所以，放下虚伪的面具，让我们坦诚相见吧。黎冰说完这些后，市长、委员会主席和剧团团长开始冷静下来，思忖着求生的方法。然而依靠他们那三颗狭小又积水的大脑是无济于事的，他们的言论只会让黎冰发笑。就这样，折腾了一个多小时，《杀观众》剧终。黎冰关掉电视，走到三人面前（三人拼命挣扎），挪开了沙发椅的一部分。首先死的是市长，他是个软脚虾，死状也像。第二个是委员会主席，他号啕大哭，手舞足蹈地坚持了一会儿，直到舌头从喉咙里跳出来，然后卡住不动。最后轮到剧团团长，黎冰的老相识。他理应跟黎冰打声招呼，嗨，我们还是朋友吧，很抱歉，再见了，然后从容赴死。这就是梦幻绞刑的整个施行经过，当然，也是理想和复古主义的。

　　处死了三人后，黎冰开始做最后一件事：把DV里面的录像销毁。他把机子里的记忆卡取出来，用锤子把它锤成了粉末；DV 机同样的，他随后也把它锤成了粉末；两处粉末汇合起来，丢进火焰里，产生了炫丽光芒和黑色烟雾。他自认为已经大功告成了，回到客厅，从公文包里掏出钨钢刀，准备结束生命。一开始他在自己的腹部横着切了一刀，但他发现这样做太痛苦了，以至于他无法将自己的肠子拖出来。他疼得浑身抽搐，画面看上去像在哭。血液慢慢地顺着剖面流向地板。这时他颤颤巍巍站起身来，用力地喊了一句什么。从他的口型来看，他确定无误是说了一句话（也许是两句，不超过三句），时间长度为五秒左右；然而遗憾的是，没有一位语言专家能够解读出来他到底讲了什么。但他确实讲了。为了保持记述上的真实，笔者只能把它单独描述为：

黎冰大喊了一句：（　　　　　　　　　　　　　）

他的遗言也是本案的最后一个关键点。他说完后，将刀刃对向了自己的脖子，用力一挥，随即向后倒地。可是他没立即死去，又在地板上挣扎了片刻，留下了好长一段蛇行的轨迹。他把现场弄得一团糟。时间是凌晨 2 时 20 分。

　　警察是在当天早上 10 点 30 分赶到的现场，他们采集了现场的物证，然后把这栋小楼封锁了好几天。王械的住宅同理。实际上，破案根本用不了两个小时，对案件性质的判定却是重大考验。当时的公安总署最后公布的结论是：包括黎冰在内的五个人全是被害人，凶手不明身份，仍然在逃。为了掩饰这样骇人听闻的案发真相，政府甚至不惜向民众说谎。不过这样做是毫无意义的。后来事实证明了这一点：知识分子有他们自己的做法。他们使我们的国家分成了可笑的两部分，一个在北方，像根油条；一个在南方，像团粽子。当然，行骗的政府比这个更快地烟消云散了。

　　天知道我到底是何时读完的这篇文章，等我的意识离开文本回到现实的时候，月亮已经转到另一边去了，从窗边望去只剩一个小白点，房间里变得很暗。放哨的人毫无消息。我又往档案的最后一页扫了一眼，上面的作者署名是：索耳。从未听过此人，也许此人根本不存在。一切都从未存在。正当我疑惑之时，警报突然震天响了起来，整栋大楼都动摇了。紧接着，房间的大门被撞开，一队人冲了进来，把我团团围住。他们手里都有武器。领头的正是我的"上司"，矮小臃肿的总警监。他慢吞吞走过来，瞟了一眼我手中的文件，冷笑说："原来是南朝的奸细！"然后他手一挥："带走！"

摸彩

----

*By*谭人轻

从光荣镇建立之初，一切就如羊皮卷里记载的神秘预言那样，被预先敲定。每年六月，风暴便会升起，从小镇南部席卷而来，虽越过延绵群山，风力却没有减损。到那时，风暴所到之处草木皆萧瑟，卷起飞沙走石遮云蔽日，街道上能见度不足五十米，行人不得不闭门不出。由于这种古怪的自然气候，光荣镇的空气中含沙量高，镇民日夜呼吸这种粗糙的空气，几乎都患有便秘。

为了解决这个让人难堪的问题，光荣镇的创始人开始研究这孕于自然的风暴，企图感通天地，获得根治之法。他们奔波在镇子四周的各处，观察飞禽走兽，分析阴阳四时，静坐，冥想日月星辰的轮转，将具体事物演化为抽象符号并铭刻在巨石之上，再将那些符号篆刻在形状规整的小石块里，由镇民轮流抽取。

据保存至今的可考镇志记载，当时石块上镌刻的符号分"清"、"浊"两类，抽到"清"类符号的村民，即会获得神秘的自然之力，化解内部郁结的瘴气，在那一年里诸事顺畅。相反，抽到"浊"类的村民则如背负命运不幸的诅咒，在往后的一年里将遭遇灾难，穷困潦倒。两类符号总计 28 种，涵盖了自然之中人们可以捕获的诸多事物，从天地、山川、鸟兽、火焰，到洪水、电闪、雷鸣不一而足。这种"抽取"每年举行一次，地点选在镇前开阔的空地上，面对着连绵山峦与缓慢流动的河流。每当山峦染上木棉红时，人们便会聚集于此，由镇长带领开始这种神秘又用途尴尬的祭祀。

随着机械的诞生与发展，快速旋转的世界开始撩拨光荣镇的钢弦。在某天夜里，镇长家传出了断断续续的生了锈的发动机工作的声音，自那以后，机械开始以不容分说的高傲姿态踏入了光荣镇人们的生活。就在悄然升起的机器轰鸣声里，许多事物正悄然改变，可风暴却依然如期而至，空气中的含沙量一如往常的高，所以那套古老的关于抽取符号的仪式亦留存至今。只不过，在 1830 年大洋彼岸的工程师乔治·斯蒂芬孙，利用一辆机车把数辆煤车从矿井拉到泰恩河之时，光荣镇也衍生出了一种，按当地的颇有学问的那些人的说法便是"更加科学、美观，也更优雅"的抽取方式——摸彩。与原先不同的是，摸彩将原来的 28 个符号改为 28 个数字，并印在画有光荣镇图样的小纸张上，活动由镇长在每年统一的时间举行。一年里其余时间，镇长办公室可售彩票，镇上也有彩票售点，全镇按季度举行小型博彩活动。

其实"摸彩"是镇里有了造纸机之后，由镇里印刷厂里那个大肚子老板首先提出来的。在一个燥热的星期三下午，这个秃顶了的中年男人，站在镇长办公桌前，挥舞着一份由他厂里印刷出来的报纸，扯着嗓子拼命地嚷嚷了六个小时。在他红着脸把提议以及穿插其间的家庭琐事全部说完之后，那个坐在角落里带着老花镜的镇长，就像亲眼见证了一项伟大并激动人心的新发明一样，灰暗的眸子闪烁出明慧的光芒。没有经过任何商讨，他立即愉悦地同意了这个秃顶男人的提议。事后，镇里人议论，提议之所以能这么快通过，并不是提议本身有多么明智，而是因为那个红着脸的秃顶男人是镇长的女婿。

可为了体现镇里人的文明和优雅，遮盖摸彩最原始的尴尬目的，镇长颇费了一番心思。他召集了镇里最博学多闻的人，最善于思考的人，最擅长计算的人，以及最大公无私的人——也就是他自己，在他的那间两层的木质客厅里不眠不休地讨论了三天三夜，日后，当光荣镇的人们再次说起那次大讨论时，仍然会带着一脸严肃并虔诚的神情。他们说，由于激烈的讨论常常带来大量的脑力、体力消耗，所以在那七十二个小时里，镇长家共消耗掉了三头大乳猪、十余斤葡萄酒，他们计算时所用的草纸铺满了客厅的一楼，蜡烛滴的流蜡封住了客厅大门，导致讨论不得不被迫中断。

最后，机智的镇长想出了个巧妙的办法继续讨论——他们可以将讨论地点转移到二楼。就这样，讨论得以进行，时间飞速流走。直到第三天，屋外头的太阳划过抛物线的顶端，隐匿于西边的丛林，这群最博学多闻、最善于思考、最擅长计算以及最大公无私的人，终于统一了意见。那时，那个酒足饭饱地睡了三天，并在夜晚着凉感冒了的镇长，在遍地杂物中找到了他的那副巨大的老花镜，站在自家二楼的餐桌上，怀着一种领导战斗时的激昂语气，挥舞着擦完鼻涕的手纸，向他眼前的所有人郑重其事地宣布，为了让"摸彩"更加体面并且优雅，他们决定给彩票设立一个头奖——28位数字全部正确，并由镇办公室颁发一百万奖金。这样，抽到了偶数（也就是"清"）的人们将解决便秘的问题，而人们又不会觉得摸奖只是为了解决这些尴尬的问题。"体面、优雅、科学，真是伟大并巧妙的方法！"据镇长那可爱的小女儿日后回忆，镇长在宣布完这个消息之后，足足将这句话挂在口边重复了一个月。

就这样，古老的活动穿上了现代优雅的外衣，沿袭了下来。每年六月的伊始，镇前群山红绿参差，山头木棉蓬勃盛开，从中传出鸟啼婉转清脆，在清晨明媚的阳光下，人们便踏着镇外空地新长出的野草，聚集在镇前，由镇长主持这一年一次的摸彩盛会。

通常，镇长会把那件一年到头难得从衣橱里拿出来一次的黑色制服穿在身上，摇晃着他那巨大的戴着宽边老花镜的脑袋，用严肃又沉稳的语调念一席客套话。这些话被工整地写在镇长的日记本上，每年到这时候便被拿出来宣读，其内容无外乎强调这个活动的意义，并附带地夸赞一下想出这个妙招的人（也就是他的女婿和他自己）是多么的聪明。随着讲话完毕，镇民们大多会从弥漫会场的瞌睡中醒来，睁大眼睛，开始热烈地鼓掌。在摸彩举行的头几年里，这种时候还有人会欢呼，有些无聊的青年甚至会吹起口哨（但镇长觉得这样不够严肃就下令禁止了），可随着相同的开场白年复一年地重复，欢呼的人也感到了乏味，便不再欢呼。于是，如今，每当镇长发完言，扶着老花镜等待着底下人们的反应时，他所能听到的，也只有那些软绵绵的机械掌声了。镇上的人们所期待的，当然不是乏味的镇长发言，他们所盼望的是从那个巨大的灰白色机器里滚出的号码，能与自己即将抽取的彩票号码相同，这一旦实现，便意味着他们能获得一百万的奖金。在镇上，一百万的奖金已经可以让人即使不再劳动，也能愉悦、体面地过完一辈子，并且在风光大葬之后，你还能留出一笔可观的财产给自己的儿女。这就是镇上人们每天幻想的美妙生活。他们中的大多数在一年的其他三百多天里打不起精神，但到了摸彩这天，一定会神采奕奕，容光焕发。

可是由于彩票号码有 28 位，而每个位置能填的数字又有 10 个，这便意味着把这 28 位数字全部猜中的概率实在是小得可怜。所以，从镇上开始实行摸彩以来，其实还没有人曾摸到过这个头等奖。于是，有些人开始猜测在他们抽取彩票的那个箱子里，根本就没有和机器里滚出来的小球号码相同的票，由于这种呼声越来越高，所以如今在每次摸彩结束之后，镇长都不得不用一个大锤子将摸彩箱砸开，并从那多得无法计数的彩票中挑选出未被镇民抽到的中奖彩票。就因为这事儿，镇长每天都得抱怨一次，如若不是他那孝顺的女婿每天都给他送来昂贵的据说来自深海的鱼肝油，那他的视力真得越来越坏了。

即使真正摸到头奖的概率几乎没有，但这依然无法阻止人们企图通过摸彩，获得幸福生活的热情。

每年摸彩前夕，镇里人们便会忙碌起来，他们大多自发地愿意为摸彩干点什么，可是与人们的热情相反的是，摸彩的筹备以及机器维修都有镇办公室的那群人事先弄好了，于是人们无奈地发现，其实自己无事可做。但人们的热情是不可阻挡的，于是大家集思广益，想出了一个好办法来呈现自己对摸彩的虔诚与热情——为摸彩这种盛典制作彩球。

所谓"彩球"就是制作一些漂浮在空中的、为节日庆典助兴的热气球。在人们商议之后，热气球一概涂成红色以表喜庆，既整齐统一，又严肃活泼。可这样一来，每到了摸彩节，天空中总会被大大小小的各种红色热气球充满，它们在天空里互相推挤，牢牢遮住整个天空，导致摸彩节时光荣镇白昼如同黑夜，会场里人们互相推搡、踩踏，还有妇女遭到调戏，总之现场一片混乱，摸彩无法正常进行。最后经过深思熟虑，镇长制定了规定，"彩球"的制作由镇民报名并排队进行，轮到哪家就归哪家做，这样就有效地避免了混乱。

"这是这个笨蛋一辈子所做过的所有事情中，唯一正确的。"事后，光荣镇的一位居民 H 如是评价。

就在人们都在新的一年里，期待着被镇长从那个密密麻麻地排满了人的名单里挑选出来，去制作摸彩的热气球时，H 却对这项活动没有丝毫兴趣。他觉得从一开始，从那个遥远的传言开始，这一切都是荒谬并且愚不可及的。他觉得，那个凌虚高蹈的古老传说，根本就是不可思议的胡说八道，而现在的这种摸彩其实更为愚蠢，不可能有任何人会弄到头奖，也没有人能真正地拿走那一百万。H 时常为自己置身于这样一个愚蠢而癫狂的镇子，而感到无奈与愤慨。事实上，H 他并不喜欢这个镇上的任何人，就连那位和他在一张床上睡了三十几年的妻子他也不怎么喜欢，因为她总是在他说话的时候打断他，并让他难堪得说不出话来。

比方说，就在上周末 H 与妻子共进晚餐时，H 对他妻子说，自己在下班回来的路上看到了隔壁的 R 的漂亮老婆，鬼鬼祟祟地溜进了镇长儿子的家里。于是，他斩钉截铁地宣布，R 的妻子出轨了，并且是和镇长的儿子厮混在了一起。而他的妻子却冷漠地反驳说，今天下午她一直在和 R 的那位被 H 认定出轨了的妻子打牌，她甚至都没去过洗手间。事实上，H 的妻子一直认为 H 患有顽固性的妄想症，而在她看来，H 的许多论断很多时候都是毫无根据的胡说八道。

但由于 H 在外一般沉默寡言，对很多事情也不做太多评论，所以镇里的其他人都不觉得 H 有什么毛病，只是在某些与摸彩节有关的事情上，他的冷漠态度让人们觉得不可思议。于是，H 就这样平稳地在光荣镇渡过了一个又一个无聊、乏味又心怀愤慨的日子。直到光荣 328 年，光荣镇举行第二十八届摸彩节时，这一切才发生了改变，并悄然滑向了另一个方向。

那年的摸彩节，在光荣镇所有的居民看来都是不可思议并且激动人心的，它的伟大意义甚至被很多人认为应该记入光荣镇的史册。就在光荣 328 年，那年的镇前群山上的木棉开得格外的早，摸彩节前夕火红的木棉燃起了整个山头，而那条缓慢流淌的褐色河流也如感受到这个日子的非比寻常，而变得波涛汹涌了起来。起初，人们并未从这种种奇特的自然景象中，洞悉到即将要发生的事情，而在镇上那些博学多闻的学者合理并科学的解释下，人们都将这些突如其来的意象归结于"自然气候的变化"。

于是，到了摸彩节，人们仍如往常那样怀着热切的盼望，携家带口地拥挤在镇前的空地上，等待着这一年里最激动人心的时刻的来临。照常的镇长讲话，还是那一成不变的黑色制服，沉稳、严肃的语调，摇晃着的秃了顶的脑袋，以及那副巨大的在阳光下闪着光的眼镜。睡眠如一阵软绵绵的风，穿行在空地上会场里密集的人群中。照旧，人们打着瞌睡。就在人们鼓完掌，从那巨大的黑色箱子里抽出等待了一年的号码时，对于眼下即将发生的事情并没有任何预感。

所有人都抽完了彩票之后，巨大的灰色机器开始旋转。一个，两个，三个，那些被目光所缠绕的小球从机器的端口滚出，滑到了一个透明的玻璃管道里，暴露在镇民焦急的目光中。随着数字一个个出现，号码逐渐被敲定，很多人已经放弃了希望，从期盼的高峰跌到了失望的谷底。对他们来说，在所有热气腾腾的期待过后，这不过又是一个一无所获的年头。而混杂在那些还在等待的人群里，H 的妻子紧紧地握住了 H 的手，从手掌上传来的痛意，让 H 第一次觉得他的妻子其实很有力量。当 28 个号码全部排列在镇民的视线前，包括秃顶镇长在内的所有人都认为这次摸彩又没有幸运儿诞生。于是，镇长扶了扶老花镜，拿起了锤子，准备像往常许多次那样砸破箱子，挑选出那张未被人们拿走的中奖彩票。锤子被举起，划出简洁的弧线，一秒，两秒。失望的人群都沮丧地等待着那该死的黑色箱子被砸烂。除了镇前河水缓缓流动的声音，一片寂静。中午的光荣镇，没有风。突然，H 的妻子，挥舞着她那被汗水浸透了的衣袖，大喊："请等下！请等下！"她开始发了疯似的呼喊这句话，她扯破了喉咙呼喊："请等下！请等下！"所有人的目光都被吸引过来，人们不解地望着这位平日里轻声细语的家庭主妇，对此刻从她喉管里爆发出的巨大声音感到不可思议。

拨开密集的人群，挥舞着手上印着光荣镇符号的纸条，H的妻子开始跟跄着奋力接近摸彩台。直到她气喘吁吁地将纸条交给镇长之后，底下一头雾水的镇民才终于意识到刚刚究竟发生了什么。在短暂的沉默之后，人群里有人开始大喊"有人中奖了！好运属于我们可爱的邮递员H！"接着，一波又一波的声音热浪开始从骚动的人群里席卷而来，它们上下起伏，带着冲动和无法阻挡的力量冲向摸彩台。"好运属于我们可爱的邮递员H！"欢呼的声音，没过了镇长宣布中奖人的声音。H开始被人群抛掷到半空中，他脑袋里一片空白，除了在空中下降时的短暂失重外，他感觉不到自己的存在。

就这样，光荣镇有史以来的第一个百万大奖获得者诞生了。光荣属于可爱的邮递员H。事实上，就在H从镇长办公室那戴着老花镜的镇长手里接过一百万的存款单时，他也不知道有什么东西正在悄然袭来。可自那以后，H突然发现自己并不是真的讨厌这个镇子，相反他十分喜欢光荣镇，他喜欢这个镇子里的每一个人，更为有趣的是，他突然发现自己彻底改变了起初对摸彩的态度，并迷上了与彩票有关的一切。他领回了一百万，并将这些钱从银行全部取出，放置在他花了所有积蓄买来的一个保险柜里。每天晚上睡觉之前，他都会蹲在这个装着巨额现钞的铁盒子面前，和它说上一阵子话。而就在 H 的妻子张罗着准备给家里置办点新家具时，H 却显示出了前所未有的冷漠，他对妻子所提的这些要求全都置之不理，甚至开始责备起他妻子来。一开始，镇里人们对于 H 发生的变化并未有所察觉，但渐渐的，人们开始发现 H 热衷于收集彩票了。

据镇里卖彩票的服务员描述，H 经常在半夜彩票点准备打烊、或者大清晨准备开门时怀揣着大笔现金，乔装打扮地来彩票点购买彩票。通常他穿着黑色的紧身衣，带着巨大的墨镜，并且用围巾遮住鼻子以下的部分，而他所购买的号码也都十分奇特，每组全是相同的数字——也就是叠号，可这些号码在光荣镇的季度中奖彩票里从来就没出现过，事实上，也没有人认为它们将会在往后更长的日子里出现。与此同时，H 还辞掉了邮递公司的工作，他把自己关在家里，不断地从彩票点购买彩票，并整日整夜、全心全意地研究彩票上的数字。由于与摸彩节的百万大奖相比光荣镇的季度彩票的中奖金额十分小，对于 H 这样疯狂地大笔购入的行为，许多镇民都感到十分困惑。

更为疯狂的事情，是后来那位可怜的被 H 赶出家门的女人说出来的。就在八月尽头的一个夜晚，H 的妻子与邻居们，从镇上举行的舞会归来。以往，这种舞会都是 H 陪同她去的，可现在 H 并不愿意踏出家门，哪怕一小步。一路上，H 的妻子与同行的镇民有说有笑，完全沉浸在刚才愉悦的舞会之中。她对什么都表现出极大的兴趣，而当有人提到摸彩时，她却立刻转移了话题。人们感到奇怪，但也没有多问。事实上，就在她和 H 中了大奖之后，关于彩票一直有一块深重的阴影徘徊在 H 妻子心头，她就如目睹了一出即将发生的悲剧那样，看着 H 源源不断地抱着彩票回家。彩票，彩票，那些画着数字的彩票，就像一群又一群可怕的魔鬼，正在她的家里蓬勃生长起来，与此同时，她那中了大奖的喜悦正逐渐萎缩。

如往常那样，H 的妻子推开了家门。可家里面黑洞洞的。昏沉的安静，没有人在，家里一片漆黑。接着，她凭借自己对于家里每一件物品的熟悉，熟练地打开了悬在天花板上的白炽灯。明亮的光线晃人眼目，照亮了她眼前的一切。灯光照亮了客厅。她披着散乱的头发，被眼前的一切吓坏了。

原来就在那个夜里，H 在家里研究那些数字之时，他进行了另一种怪异的活动。他如古怪的祭祀师那样，将那些他买来的涂满了各种笔记的彩票满满地贴遍了整个屋子。他将彩票贴在大门入口的红色地毯上，贴在白色的墙壁上，贴在褐色的茶几上，贴在电话、电视、洗衣机，甚至客厅的天花板上，每一个 H 能够想到的地方都被密密麻麻地贴满了各种颜色的彩票，而那个被搬到客厅中央来的、帮助 H 触摸到天花板的楼梯上，毫无疑问也扭扭曲曲地贴满了彩票。花花绿绿的彩票，还有上面那些胡乱的不知所云的笔记，就像一张巨大的密不透风的网，布满了 H 的屋子，而 H 的那个可怜的妻子，就如一只受惊了的小动物那样，慌乱地奔跑进了这个大网之中。她看见，那些彩票正咧着巨大的嘴朝着她恐怖地笑着，而彩票上的字迹就如古老的咒符扭动着，旋转着，向她不怀好意地逼近。而她的那个丈夫，那个平日里温文尔雅的丈夫，正站在客厅的另一头，身上贴满了彩票，朝着她面无表情地挥手。挥手。挥手。面无表情地挥动着那只贴满了彩票的手。H 的妻子，那个可怜的女人，无法面对眼前的一切，她开始大声嘶喊了起来，开始疯狂地朝外奔跑，而那尖锐的凌厉的嗓音如钢刀一般，划破当晚死寂的夜空，传播到光荣镇的每一个角落。

事后，在 H 的妻子向光荣镇最资深的医生描述完了 H 的情况之后，那个穿着白大褂、戴着和镇长一模一样眼镜的老医生，翻开了身旁的一本老书，如一位资深法官那样对 H 下了最终审判。他用与镇长极其相似的语调说："根据阿拉伯的神学家马尔蒂所留下的《米尔巴百科全书》的第 328 条，您丈夫患上的是一种极其罕见的精神类妄想症，他或许是由于受到了什么刺激，或者是做了什么邪恶的事情，它的首次出现是在公元253年，墨西哥的一个小岛上……"在介绍完这种疾病的漫长来源之后，他说道："很遗憾，这种病无法治疗。"

在镇上的日报曝光了这事后，H患上了罕见的精神类疾病的消息开始散播到光荣镇的每户人家。人们在感到惊恐与慌乱的同时，都开始极力呼吁废除"摸彩"这种充满了邪恶的活动，他们开始走上街头气势汹汹地摇旗呐喊。毕竟，没有人愿意被这种恐惧的精神疾病所掌控，即使在往后更长的日子里，他们依旧呼吸着含沙量极大的空气，即使他们依旧便秘。

为了平息这场骚乱，在经过了长达一个月的漫长讨论之后，以秃顶镇长为代表的镇办公室做出了沉重又无奈的决定——在举办完下次摸彩节之后，摸彩这项活动将彻底废除。在这项决定被宣布之后，镇上最博学多闻、最善于思考、最能说会道以及最精于计算的人，作为民众代表签署了与镇办公室的合约。一切这才被缓了下来，而H的那个可怜的妻子，由于受到了巨大精神刺激已被送入了疗养院。

就在光荣镇上的人们，因为在 H 身上发生的这些不幸而闹得沸沸扬扬的同时，关于 H 的故事，并没有结束。在妻子离开的日子里，H 依旧疯狂地往家里的每一个角落贴着彩票，但逐渐的，他发现，自己的身体开始膨胀了起来。起初，他贴上一千张彩票便能将自己覆盖，而如今这些已经远远不够了。他发现，自己正在逐渐膨胀，他的躯体如一个皮球那样鼓胀了起来，这种膨胀似乎无法抑制，并且越来越快。起初 H 以为是自己正在长胖，于是开始加大劳动量，每天昼夜不歇地继续他伟大的贴彩票活动，但渐渐 H 无奈地意识到，这种膨胀无法避免。于是，他不再管这个膨胀着的身体了，他再一次沉浸于贴彩票所获得的愉悦和疯狂之中。

　　很快，星辰轮转，日升月落，又一年的摸彩节到来。这一年的木棉花没有开。山林里鸟儿也因受到猎枪的恐吓而不再啼叫。只有那条褐色的河流依旧沉稳向前。光荣 329 年，光荣镇里所有的居民（除了 H 与他那可怜的妻子外）都穿戴整齐，一脸严肃地来到了镇前的空地上。摸奖台耸立如常，上面摆放的黑色箱子与灰白色机器冷峻依旧，唯独上面站立的镇长由于过去一年里的风波，显得焦虑、不安，并更加苍老了。携家带口的光荣镇居民，站立在摸彩台之下时，均怀着一种憎恨却又惋惜的复杂心情。面对着这个即将被画上句号的活动，他们不知道自己该再说些什么。没有人再想着为摸彩节做些什么。没有热气球，更没有期待。

　　与此同时，在 H 那个已经被彩票牢牢黏住的家里，一扇窗户正被一个巨大的球体缓慢地挤开。如若我们化作一只巨大的鸟儿，盘旋在光荣 329 年的光荣镇上空，认真地观察那个阴暗的屋子窗户，便会发现那个巨大的推挤着窗户的物体，不是别的，正是沾满了红色彩票的 H。他的身躯已经膨胀如球，漂浮在空中，在红色的彩票装饰下，就像一只巨大的红色热气球。在几经努力后，这只巨大的热气球终于克服了屋子窗户的阻力，从那阴暗的房间里逃离而出，飘荡在了光荣镇的上空，朝着镇前人们聚集的空地上飘去。

可是这一切，都是那些站立在空地上的人们所不知道的。他们依旧如铜雕，肃然地直立在那儿。就在人们摸完票，看着那灰色的机器预备吐出第28个数字之时，人群中突然有人大呼："气球！谁家做的红色彩球！"但是谁都知道，这年的摸彩节，根本没有人家里做过热气球。这是所有人都知道的事实。根本不该有热气球。于是，所有的目光起初被吸引向天空，接着，惊恐开始流窜于骚乱的人群之间。天空中的那个飘荡着的红色气球，就在那里，它上下起伏地飘荡着，越来越靠近人群的上方。没人看出来，那就是H。不幸的被贴满了彩票的H。

"砰"的一声，第28个彩球掉入人们眼前的那个盒子。光荣镇的居民们，看到了令他们惊恐的数字排列，完整的28个数字8。连号。那个H曾执著地买了一年的连号。

就在这时，人群中爆发出了惊恐的呼喊声，那个声音用颤抖的带着恐惧的声调嘶吼："H！那该死的气球是H！"接着便是骚乱，每一个人都慌乱了起来，他们的目光齐刷刷地投向空中的不幸的H，如目睹一只被火焰灼伤的祭祀羔羊那样，H在被惊恐地仰望之后，不可避免地投入了祭坛的深渊。就在一声清脆的爆响过后，天空中的那个气球——确切地说是H，如被锐利针尖所戳破的气球那样，爆裂开来，而从那炸裂得四分五裂的躯体里，没有滴落一点液体，相反它投下了一块块密集的黑云。黑云开始在空中旋转，并分散，化成一块又一块细小的纸片，纷纷如雪片般降落地面。直到到达地面，光荣镇的人们才清楚地看到，这些可怕的纸片究竟是什么——那些从H爆裂的身躯里坠落而下的，居然是一模一样的填满了28个数字8的彩票。

所有纸片，无一例外地填着28个8。所有飞落的彩票都是头奖彩票。每一张都代表着一百万的巨额奖金，人们所憧憬的美妙并体面的生活。人们开始疯狂地争抢，开始从别人的帽子上、鞋子上、自己的身上各处以及地面上，争抢彩票。就连那个站在摸彩台上的镇长，也丢掉了那副笨重的老花眼镜，扑向疯狂的人群，开始手脚并用地抢夺。所有的一切，都陷入了一种难以控制的疯狂，骚动的人群在漫天飞舞的头奖彩票里，厮打在一起，互相骂着最下流的脏话，发着最恶毒的诅咒。狂笑声、哭喊声、小孩的啼叫声、大人的怒吼声，与那些来回闪烁的拳头，摇晃踉跄的人影混作一团。没人能分得清眼前究竟是什么，也没有人知道自己到底在干什么。所有人的脑袋里有的，只有那张写满了 28 个 8 的头奖彩票。

此刻，H 的妻子，那个因惊恐过度而住进疗养院的可怜女人，已经成为整个光荣镇里，唯一一个避免了疯狂的人。虽然她早已因来自 H 的刺激，而遁入了混沌的黑夜，但此刻却成为了整个光荣镇最冷静、最自由的人。而就在她的病床前，正摆放着一本由羊皮纸构成的日记册。一阵风吹过，纸页被翻动。在"哗哗"的声音里，纸页掠过那些扭曲的如山、如水、如星辰日月、又如电闪雷鸣的不知所云的符号，很快到达了尾页，她看见上面用工整的字体赫然写着：

上帝的光荣，照耀，每一个人。

玩具兵历险记

*By*另维

所有的风在向你吹，所有的日子都为你破碎。谨以此文献给你，和你带来的黑色曾经。

"喂！现在起你和商品架上没有灵魂的玩具兵不同了，你有名字，你叫卡卡，第一个卡代表尼鲁卡，第二个卡喻意宝物，尼鲁卡的宝物。"

卡卡无数次想起尼鲁卡庄重的言语和带笑的湖蓝色眼睛，那样美丽澄澈仿佛麦加城尽头的无尽之海的眼睛，已经看不到了。

现在，百般疼爱都成了曾经，主人正躺在华贵的床榻上沉睡。仆人们私下说，尼鲁卡被邪恶巫婆的转换剂变成了植物人，很难再醒来。

卡卡摸摸自己铁皮质地的脸颊，发觉自己又哭了。

001

玩具兵卡卡是老尼鲁卡子爵送给宝贝独子的十岁生日礼物，它诞生在德比亚王国——麦加，是做工精细的铁质玩具兵，尼鲁卡十分喜爱它。

对它讲话，给它搭建玩具屋，为它取漂亮的名字，甚至希望有一天一觉醒来，它就成了能跑能跳能说话的小人。

子爵府邸里，所有人都在默默嘲笑尼鲁卡异想天开的时候，尼鲁卡把自己锁在废弃阁楼里翻阅古书。然后有一天清晨，尼鲁卡裹上长衣戴上巨帽，神神秘秘出了门。

尼鲁卡傍晚回到卡卡身边时，手里捏了一个小玻璃瓶，有透明药水在瓶里晃。

尼鲁卡把卡卡放在地毯上，趴到它身旁，兴高采烈。

"瞧！亲爱的卡卡，我从黑市买来了转换剂，你永远也猜不到出自巫婆之手的它有多么神奇！"尼鲁卡瓷白的小脸笑开了花，"外公的古巫书上说，转换剂是取走与带来灵魂的强力黑魔法药剂，物体涂抹它会变成生物，反之亦然……这意味着它可以使你获得生命！"

尼鲁卡大声喊道，气息把卷羊毛地毯间的微尘吹到空气里。他被迷了眼睛，但还是迫不及待，摘下瓶塞。

"千万不要碰到药水，否则不知道会发生什么怪事……"尼鲁卡一面倒药一面喃喃自语。

"尊贵的少主人，刚才的声响是——"

是的，就在转换剂洒到卡卡身上的一瞬间，所有的巧合都结合在了一起：老管家突然撞开尼鲁卡房间的门，尼鲁卡失手把剩下的转换剂倒在了自己胳膊上。

然后时间静止。

玩具兵卡卡眨眨眼睛坐起来，看到了躺下的植物人尼鲁卡。

卡卡心疼而内疚地哭了。

002

卡卡把自己关在尼鲁卡的房里，看着神秘人来来往往，或摇头叹气抑或夸夸其谈，回想尼鲁卡对他的好，每天用泪水清洗铁皮。

有一天，卡卡忽然想起，自己还在玩具厂的车床上等待装箱的时候，曾从工人的闲谈里听到，在德比亚之都的麦加城中心，有一口名叫聪明泉的趵突泉，能够去除一切魔法效应。

也就表示，只要把聪明泉水涂到尼鲁卡沾有转换剂的皮肤上，他就可以苏醒过来！

兴奋与激动使卡卡充满了力量，他找来一张德比亚王国地图，最后看了一眼睡着的尼鲁卡，爬出子爵府邸，上了路。

从契隆城出发，穿过庞威镇以及不知名的森林和溪流，到达德比亚之都的麦加，究竟有多远多危险呢？

"这些事情只有经历了才知道。"卡卡对自己说。

003

卡卡不知道自己原来如此引人注意，街边巷尾，儿童们挣脱怀抱追逐他，流浪狗丢下骨头追逐他，就连辛劳的商人与赶路的妇女，都奔跑叫嚣着渴望得到他。

卡卡拼命地跑，逃出繁华的街道，穿过宏伟的城门，却还是在森林里，被一只手倒拎了起来。

"该死的兔子，你差点破坏了爸爸的捕兽陷阱！"是铿锵有力的女声，卡卡挣脱她的手掉在地上，她的尖叫顿时吓飞了树枝上所有的鸟。

"你是城里贵族们的玩具，可我从来不知道你是个活的家伙！"女孩蹲下来，弯起湖蓝色的淳朴眼睛，对兔子大小的卡卡伸出手，"你好，我叫希丽尔，森林猎人的女儿。"

"尼鲁卡小子爵的玩具兵卡卡。"卡卡自我介绍。

希丽尔的笑容像晌午的阳光一样温暖灿烂。

"告诉我，你不待在子爵府邸里享受富贵，跑来这危险的森林做什么？"

卡卡讲起自己的遭遇，眼泪吧嗒掉下来。

希丽尔伸出带茧的手指擦掉卡卡的泪水。

"德比亚王国不相信眼泪。你应该为你敬爱的主人，奔向麦加取回聪明泉水而不是哭，我会帮助你。"

卡卡觉得自己遇见了天使。

希丽尔把卡卡带回家，端出最好的熏肉酒酿，讲给他深刻的道理，直到猎人爸爸乘着日落回来。

爸爸把弩弓放在屋外的门板边，听完卡卡的遭遇，他拍拍自己壮硕的胸脯，哈哈大笑："我们应该找出最短的路程并且迅速出发，好为可怜的卡卡争取时间！"

说着，他已经凝视地图，沉思起来。

卡卡是在感动的热泪中睡下的，猎人父女还在替他研究路线呢，卡卡有些惭愧。

我或许应该去为他们准备些夜宵。卡卡想着，蹑手蹑脚翻身下床。

"我们要认真计划，才能用那个稀奇的玩具换到更多金币。"

"爸爸不用费心，希丽尔都想好了！"

房屋是用木板拼凑的，因此卡卡刚一靠近客室，里面的声音已经清晰传来。

端着热腾腾的食物，卡卡的步伐止在门边。

"玩具说他是为小子爵取聪明泉水而出城，我看是他寂寞难耐，偷逃的！"

透过门缝，卡卡看见油灯边，希丽尔湖蓝的眼眸兴奋得熠熠闪光。"什么小子爵被魔法变成植物人，一定是丢了玩具伤心才病倒的，等我们把卡卡送了去，他就什么病也没有了！"

屋子里传来张狂的笑声。

猎人说："等小子爵开心了，我们得到的赏金足够买下契隆城里昂贵的房宅！再也不用住在潮湿的森林，冒着生命危险打猎了！"

希丽尔像晌午的阳光一样温暖灿烂的笑容依旧，可卡卡不由发起抖，手中的夜宵打翻在地。

"谁？"希丽尔惊叫。

卡卡连忙闪躲，却撞上了笨重的弓弩，摔倒了。

希丽尔扑上来，卡卡踢起弓弩，在她受击停顿的一刻爬起，跑向树林。

卡卡不知苦恼过多少次如何穿过森林，可现在什么恐惧担忧都不见了，脑袋里只剩下一个念头：跑。

卡卡感到自己从来没跑过这么快，他想哭，但不行，矫健的希丽尔正紧紧跟在身后，伸手一扑就能抓到他。

"啊！"

身后传来凄厉的叫喊，卡卡回头，看到希丽尔被麻绳倒吊在树枝上。月光下，这个曾经笑得像暖阳一样天使般的姑娘，正在她爸爸的陷阱里，哭得凄惨狰狞。

"救救我，卡卡！"她抽噎着哀求说。

"德比亚王国不相信眼泪，等着野兽们用利齿咬断麻绳，顺便咬断你的喉咙吧！"

卡卡被自己的话吓了一跳，可还是头也不回地离开了。

004

见识了陷阱的厉害，卡卡对地面充满恐惧。沿着遍地的指南草，他在繁茂的树枝间跳跃行进。

饿了啃掉松鼠们赠送的果子，累了睡在软和的鸟巢边，卡卡跳啊跳啊，看太阳公公升了落，落了升。

终于，卡卡来到一望无际的稻田果园，和窄窄的泥泞小径。

卡卡开心极了，兴奋使他踏空了脚步，摔在地上。

"你是仙女吗？"

说话的是一位美若仙女的姑娘。她穿补丁裙，宝石蓝色的眼睛哭成了烂桃子。她俯下身，期待地问卡卡。

卡卡摇摇头，答："我只是一只会说话的玩具兵。"

女孩一面更伤心地哭一面自说自话。

"可怜的瑞蒂娅啊，你拥有和仙蒂瑞拉相同的身世，为什么她一流泪就能得到仙女的眷顾，而你哭了这么多天，仙女都不肯出现呢？"

卡卡明白了，瑞蒂娅是个被童话冲昏了头的天真姑娘。

卡卡用他略微斑驳的手擦去瑞蒂娅的泪水，他学着希丽尔最初的样子，认真而温和地说："德比亚王国不相信眼泪。你应该用你的双手，努力抓住身边的幸福与美丽，而不是任由幻想蒙蔽眼睛。"

他们聊起天来。卡卡又讲起尼鲁卡的故事，这一次他没有哭，树林里的奔跑已经使他坚强。

"或许你可以去找正在庞威镇巡演的霍普马戏团，他们的下一站刚好是麦加。"瑞蒂娅说。

"这真是个好主意！"卡卡谢过瑞蒂娅，开开心心上了路。

005

卡卡身体小，钻进霍普马戏团女主人的篷车，没有任何人察觉。

"尊贵的霍普太太，您可以收留这只可怜的流浪玩具兵吗？"卡卡叩下头，看起来像一个虔诚的奴隶。

霍普夫人是丰满而亲切的妇女，她连忙上前抱起卡卡，慈祥地说："这是我的荣幸！"

卡卡的铁皮嘴角卷起了胜利的弧度。

"我可怜的孩子啊，你究竟经历过多少苦难，才拥有这样多的划痕和锈斑呢？"霍普太太鱼尾纹网中央的眼睛里写着疼惜。

卡卡的眼眶忽然有点烫。

"苦难就此结束，从此以后我就是照顾你呵护你的母亲。"霍普太太说。

霍普太太兑现了诺言。

庞威镇到麦加的漫长路途上，卡卡享尽了少主的殊待。

每天都是新鲜艳丽的瓜果，数不清的华丽衣饰都归他，霍普太太甚至请来了画师，时刻跟在卡卡身后作画。

"卡卡的出现将轰动整个麦加！"大家纷纷说。

霍普太太抚摸着怀中的卡卡，无言的笑容十分优雅。

卡卡想起很久很久以前，在小子爵府都不曾享受这般荣华。

"这真是个舒服的地方。"卡卡感叹。

"可给予自己生命的尼鲁卡，还躺在床榻上做植物人呢！我还是早点找到聪明泉水吧。"卡卡总结。

所以，马戏团一抵达麦加，卡卡就急忙策划逃跑。

无奈，那些人把卡卡照顾得太仔细了，衣来伸手饭来张口，卡卡没有独处的机会。

马车窗外，画着卡卡的海报已经贴满了大街小巷。

"猴子的时代已经过去了，10 月 27 日，您将在霍普马戏团看到德比亚王国的奇迹——一只活的玩具兵！"

"下周三吗？那或许是再好不过的机会。"卡卡自言自语。

006

10 月 27 日。

卡卡是对的，这天清早起，整个马戏团都手忙脚乱，他们从没见过这样多的观众，儿童拖着大人，情侣挽着彼此，一面谈论活的玩具兵，一面蜂拥前来。

没有人知道，他们期待的主角正在他们欢快的脚步间跳跃，朝着城中心，越来越远地前进。

卡卡拼命奔跑，兴奋爬满了他铁皮质地的脸庞，聪明泉是麦加城的标志，找到它着实容易。

但是，当卡卡站在与聪明泉一墙之隔的位置，所有的欢喜都荡然无存了。

以聪明泉为圆心，耸立着一座巍峨的米白色宫殿，教会的人进进出出，卫兵们手握长枪，占据着每一个角落。

"连一只蚊子都别想飞进去。"卡卡垂头丧气。

擅闯聪明神殿是可能送命的事，就算侥幸没被发现，装泉水时万一碰着了它，也再不可能站起来了。卡卡思索。

还是先回马戏团吧，那里至少有美食。

"我们要看活玩具兵！"

"肮脏的霍普马戏团，骗子！"

卡卡被吓住了，观众们在愤怒地扔掷汽水瓶、鸡蛋和西红柿，幕布边的霍普夫人面容憔悴。

最惊心的，是正在舞台上卖力表演的猴子母子。

他们表演得多努力多完美啊，可观众们只顾着辱骂马戏团了，理会他们的，只有驯兽师的皮鞭。

卡卡发现，无论猴子母子多么无可挑剔，皮鞭都会无情地抽打他们的皮肤。他们已经血肉模糊了，驯兽师却越发用力，好像要把卡卡带来的损失与愤怒，全数释放在他们身上。

猴宝宝在妈妈怀里颤抖，猴妈妈一面保护他，一边不得不直起身子摆造型。

卡卡看不下去了，他挺直胸膛，一步一步走到舞台上。

卡卡现身的一刻，所有人都欢呼起来了，卡卡清清嗓子挥挥手，获得了经久不息的尖叫。驯兽师终于停止挥鞭，将猴子母子带下舞台。

007

庆功晚餐后，众人簇拥中的卡卡，在回房的路上看见了猴子母子的笼子。

卡卡感到亲切，想去向他们问好，可猴宝宝的哭声缓了他的脚步。

"那个恶心的玩具兵，一定是用了什么卑劣的魔法把自己变成怪物，好来夺走我们的地位！"猴妈妈愤怒地说。

"这样下去我们会被赶出马戏团的，我们会饿死在大街上，被流浪狗啃个精光！"

"听说聪明泉水能够去除一切魔法效力，我们把它洒在卡卡身上，准能让他变回一堆破铜烂铁！"

"可是妈妈，擅闯聪明神殿取水是会送命的！"

"我可怜的孩子，妈妈愿为你牺牲一切。"

那个夜晚，卡卡不知自己是如何睡着的，他并不憎恨猴子母子，只是很想念也曾那般宠爱自己的尼鲁卡，他在梦里笑得多么甜。

第二天，卡卡被吵醒的时候，霍普马戏团已经乱成了一团，士兵和教徒们翻箱倒柜进进出出，要捉拿触犯神威的魔鬼猴。

晌午，猴妈妈被绑在了麦加城商衢的柴火堆上。

人群里，霍普太太抱着卡卡，猴宝宝站在驯兽师的肩上，捏着一只小玻璃瓶，滚圆的眼眶噙满了泪水。

卡卡知道，那里面是猴妈妈用生命偷来的，用来杀死自己的聪明泉水。

也是自己历经艰辛寻找的，能够拯救尼鲁卡的宝物。

所以，当猴妈妈在烈火中求救、挣扎，猴宝宝恸声哭泣的时候，卡卡最希望的，是猴宝宝不要粗心摔碎了玻璃瓶。

卡卡忽然感到，自己再也不是子爵府邸里善良的玩具兵了，他已经学会了生存。

　　午夜，全世界都睡熟了，卡卡悄悄钻进了猴子
母子的笼子。
　　猴宝宝抱着玻璃瓶，独自蜷在角落里睡。
　　"妈妈……"
　　猴宝宝在梦里说，他紧了紧怀里的玻璃瓶，晶
莹的泪潸潸而下。
　　卡卡的心哽了一下，他伸出被磨得锈痕斑斑的
手，抚了抚猴宝宝滚烫的额头："尽情地哭吧，虽然
德比亚王国不相信眼泪。"
　　卡卡盯着玻璃瓶的眼睛熠熠发光，月光斜斜照
进笼子，他轻轻抽走了猴宝宝怀里的宝物。
　　"这将是我们最好的结局。"

008

　　揣着聪明泉水，卡卡连夜溜出霍普马戏团，奔
跑在返回庞威镇的路上。

"我是一个小农民，快活又勤劳……"

听到越来越近的歌声和驴蹄声，卡卡立刻躺下，装成普通的玩具兵。

可小农民还是下驴，小心捡起了他。

"昂贵的玩具兵？这一定是我即将出世的宝宝的福音！"

小农民惊喜不已，把卡卡轻裹进怀里，唱起小曲继续赶路。

卡卡的眼前一片黑暗，心里也十分绝望，要让一个孩童放下喜爱正浓的玩具有多么难，卡卡早就在尼鲁卡那里领教过。

卡卡重见光明时，已经身在小农场了，小农民把他放进崭新的空摇篮时，有人在叫"卡卡"，声音耳熟，但想不起是谁。

"你不记得我了吗？我是瑞蒂娅啊！"

卡卡看到一个挽着发髻，小腹隆起的妇人走上前，全身上下都散发着幸福和安逸，与那个跪在果园里，因为等不到天使而哭泣的憔悴姑娘判若两人。

"你说的对，幸福就在触手可及的地方，一心遥望不可能的只能令它流逝。我结了婚，生活很开心。"瑞蒂娅抱起卡卡。

卡卡在瑞蒂娅家住了好些天，又要启程了。

瑞蒂娅乞求小丈夫护送卡卡，她找来毛驴和食物，希望帮助卡卡完成最后的旅程。

小农民骑着小毛驴，把零食水果塞给怀里的卡卡，自己驾驴。

"你还需要什么吗？朋友，瑞蒂娅的朋友就是我的朋友。"小农民说。

卡卡用充满感激的笑容和言语回答小农民时，瞥见了挂在小农民腰间鼓鼓的钱袋。他送我进城，带这么多钱做什么？难道是要支付给铁匠，让他把我翻新锻造，送给他未出世的宝宝？这多半是瑞蒂娅的主意，她了解我擅长逃跑，骗取信任很重要……卡卡的脸还在笑，心里的设想已经多了好几条。

趁小农民下驴去溪边打洗脸水，卡卡捏着零食逃跑了，生锈的肢体咯吱咯吱地响，小农民大声喊："卡卡，契隆路途遥远，你至少再带些铜币！"

　　粗劣的陷阱和诱惑，也想骗倒身经百战的我？

　　卡卡一面在心里嘲笑，一面拔足奔跑，跑过森林，跑进最初的起点，居住着尼鲁卡小子爵的契隆城。

009

　　卡卡推开尼鲁卡的房门后，整个人都呆住了。

　　他看到了尼鲁卡。

　　他看到的尼鲁卡正坐在地毯上，快活地把玩一只崭新的玩具兵，他宠溺地说："卡卡，卡卡如果会跑会跳会说话就好了。"

　　奔跑了太久的卡卡太累了，一下就跌倒在地上。

　　尼鲁卡闻声转头，走向它。

　　那是卡卡想象了多少遍的重逢啊。可要命的是，卡卡历经了那么多磨难，已经旧了丑了，他的每一处铁皮都布满了划痕凸凹甚至锈斑，他看起来更像一块破铜烂铁。

所以，尼鲁卡的目光由疑惑变成了嫌恶。

"好脏哦!"

尼鲁卡说，然后捏住鼻子，用食指和拇指拈起卡卡，丢出窗外。

从草地上爬起来，卡卡哭了，他忽然发现，他对尼鲁卡炽热与忠诚的爱令他忽略了太多。尼鲁卡是尊贵的小子爵，会有数不尽的人为着不同的目的，拼命治好他的。

那么，自己又在忙活些什么呢?

"如果我耐心等到尼鲁卡苏醒，如果他一睁眼就看到了能跑能跳能说话的玩具兵，会是怎样呢?"

卡卡自嘲地笑了，这个世界是只能踏步向前的。

"总之，尼鲁卡已经如我所愿痊愈了，真好。"

蛰伏

*By*修新羽

一旦海洋生态系统从以"硅藻—甲壳类浮游动物—鱼类"为主，转变为以"甲藻—原生动物和微型浮游动物—水母"为主，就意味着海洋中占主体的部分不再是鱼类而是水母。海洋会退化，成为只长水母的荒原。

——中国，《2010 年初第 362 次香山科学会议总结报告》

科研人员操作违规，误将试验用海蜇投入自然环境。

——2075.7.14 "621 生物污染事故"的原因初步查明

在我们不曾知晓的地方，战争从未止息。

——2125.8.5 《对"621"事故的最终解读》

时钟滴答作响，我们正在向"生物学的广岛"靠拢。

——1970 《未来的震荡》[美]阿尔温·托夫勒（未来学家）

1

2075 年 8 月 5 日。

清晨。空气里游荡着火灾后特有的刺鼻气味，海风的咸涩，以及若有若无的腥臭。

战士们站在警戒线旁，脚下散落着酒瓶。"为胜利！"有人喊道。另一个醉醺醺的人瞥了眼火灾后的废墟，发出刺耳的大笑："为惩罚！"

有穿着军装的人朝这边走来，他们不约而同地安静了。离门口最近的小伙子眯起眼睛辨认何哲的军衔，神情变得严肃。"上校！"他喊，喷出一股酒气的同时努力站直，歪歪扭扭地敬了个礼。

何哲冷淡地扫视他们，问："怎么回事？""有渔民比较激动，过来闹事儿。没伤到人。"那个年轻人顿了顿，补充道："我们来的时候，这儿已经烧毁了。"

何哲点点头，然后朝那几栋废墟般的建筑走去。

"危、危险。"有人提醒。何哲没有理会，径直走入那扇在火灾中扭曲的大门。火焰刚刚熄灭。满地是泥泞的灰烬。

他走过墙壁焦黑的走廊，走过扭曲的文件柜残骸，走过一地的碎玻璃。

十五分钟后，重新出来的何哲没再看那队士兵一眼，匆忙离开。在他的口袋里，有瓶纯度很高的生物致死剂，上面贴着标号："六十七"。

有辆车在马路对面等他。驾驶座上的人说，我们先去军部。何哲点点头，有些疲惫地说："抓紧时间。"

他们沿着海岸线一路行驶。原本金色的沙滩，被一层层褐色的物质覆盖，那是海蜇们腐臭的尸体。新赶到的志愿者正在那里忙碌着，试图清理，却怎么也清理不完。

何哲转过头，闭上眼睛。

去军部参加了授衔仪式，别着崭新的肩章，

在赴任第七科研所所长的路上，何哲昏昏欲睡。他又想起了以前的事情。江良给他留下了那么深刻的印象，让人一生都无法忘记。

大四时，学校突然组织了场考试，题很难，全系都要参加。成绩下来后，何哲被导师叫去办公室，有位穿军装的年轻男子在等他。那人神色不羁，打量着何哲，突然就笑了出来："怎么，是你这根豆芽菜考了第一名？"何哲瘦是瘦，还没被人这么明目张胆地嘲笑过，一下子没反应过来。站在旁边的导师抄起本论文就朝江良挥去，语气几乎是咬牙切齿的："挖人墙脚还这么趾高气扬，你看我……"

一下午的时间，他们聊了很多。

毕业晚会那天，何哲被江良死皮赖脸地接到了海边，参观第九研究所的水下繁育池。沙海蜇-L。和沙海蜇外表相同，只是在个别基因上稍有差别，繁殖速度是普通海蜇的九倍。海月水母 A，子代基因变异率能够达到百分之十七以上……何哲从没听说过这些生物。这和他平时上课接触到的东西不一样，完全不一样。

　　"三十年前，一群愚蠢的外国研究员，想通过基因改造来加快食用海蜇的繁殖速度，以提高经济效益……可惜，他们无法控制自己的创造品。"何哲没有问，为什么这些事情没有被写在教科书上，在外界也没有什么消息。一旁的玻璃幕墙后，无数水母在淡蓝色的海水中自由穿行，仿佛永远也不被拘束。

　　他们来到了江良的办公室。那里摆放着很多瓶瓶罐罐，各种海蜇的标本泛着诡异光泽。诡异却美丽。江良倒了两杯酒，冲何哲举杯："还没说呢——祝你毕业愉快！"

　　温室效应，海水富营养化……水母数量激增，大型水母爆发。

　　近海的渔业资源开始衰退，海水中毒素逐渐泛滥。如果任其自由发展，最终海洋生态系统将失去恢复力——严重的危机。各国都在研究对策，也都没什么突破进展。

硝烟。何哲想，没错，每一滴海水中都融入了硝烟的苦味。科技战早已在各个领域中蔓延，人们彼此心照不宣。他微笑，饮下冷酒。

"欢迎加入。"

水母爆发，四十年一次被视为正常的自然现象，一年一次只会惹人恐慌。

作为海洋生态系统的"盲端"，它们能以大多数浮游生物为食却没有什么天敌；通过自身的刺细胞系统，能杀死碰触到的大部分生物。有性生殖仅仅是开始，螅状幼体会生出匍匐根不断形成足囊，甚至横裂体也会不断横裂成多个碟状体……无性生殖更能保证大量繁殖。何哲想起大学时，自己导师的感慨："想要让水母回归正常数量，或许只有毁灭整个海洋。"

这话已经过时了："621"事故过后，整个水母科都不再具有威胁。

但只有一片海洋被毁灭。

2

2077 年 6 月 21 日。

那场灾难之后，住在附近的人家陆续搬走。

何哲以不可思议的低价买下了研究所旁的别墅。这栋别墅的原主人，投资的鲍鱼池全部遭到污染，血本无归后选择了自杀。那阵子，这座城市的自杀率特别高，人们宁愿死，也不愿一无所有地离开。

从别墅里能看见海，也能看见长在研究所门口的槐树。他认得这棵树。当时在所里，要没日没夜盯着显微镜做实验，眼睛经常会刺痛而流泪不止。江良知道了，就命令他时不时抬起头，对着窗外那些葱茏的绿叶，看上几分钟。

这两年来，何哲只需要看看数据文件，制定一下研究方向就可以了，再也没有那么拼命过。其他领域的战争还在继续，但是对于"海蜇战"来说，白热化的抗争早已过去。

两年前，世界二十个著名渔场减产了 30% 以上。在被捕捉到的海蜇中，还出现了重达 350 公斤的巨无霸。几个临海城市，海水浴场里被海蜇蜇伤的人数年年上升。

何哲日复一日地调节着水温，日复一日地测试着那些实验用海蜇：要研究怎样减少繁殖，必须先要知道它们的极限在哪里。他们研究各种基因型的搭配，培育出的海蜇在繁殖速度上，远比捕捞回的样本更为恐怖……当然，为了保险起见，他们也配置出了各种具有针对性的致死剂。那群愚蠢科学家的错误，没人想犯第二遍。

沙海蜇-M，海月水母-Q，白色霞水母-V……越来越多经过基因修改的水母被发现，人为修改的痕迹也越来越不明显。江良似乎有些焦虑，经常一个人躲在办公室里抽闷烟。

"这些该死的海蜇到底是从哪儿来的？"负责基因定向的同事在分析完新一批样本后，夸张地感慨着："真有个海底文明在做它们的坚实后盾？"江良二话没说地狠敲了那人的脑袋："那正好，把你扔到海底去，把那所谓的文明给拖累死，海蜇军团就不攻自灭了。"大家哄笑，继续各干各的。何哲紧紧抿起嘴。它们是从哪来的？谁也不知道。

谁也不敢猜测。

研究资金超出预算很多。在分析海蜇基因锁链的同时，他们开始寻找某些生财途径。十九号海蜇是花费整整两个月的休闲时间才研制出的新品种，能够提纯海水中某些稀有的元素，并将其积累在体内方便人们提纯利用。很快被看重，投放到了产业链中。

签合同拿经费的那天，他们得到特批的三箱酒，在研究所的食堂里笑闹到很晚，起哄的人把江良架到了桌子上。他唱了四首歌才被何哲营救下去。庆祝归庆祝，第二天他们撑着宿醉，还是照样一早起来开始工作，为了答谢"救命之恩"，江良给何哲安排了份轻松的任务，检测螅状幼体在不同温度中的繁殖速度。

打开仪器，何哲迅速扫视着，渐渐皱起眉头。这速度太快了，基本已经不会是自然变异所能产生的。

　　主研究室的荧幕墙上，监控数据不断跳动。江良盯着它们看，红色的光线横在他脸上。脚步声传来的时候，他依旧一动不动。"何哲，你眼镜的度数是不是又长了？"

　　反手带好门，何哲走过去："能得到您的关心，小生不胜荣幸。"

　　江良淡淡一笑："视力下降了，就到这儿来看我养眼？原来我变帅了啊。"

　　"是啊，越来越帅了，帅得都让人认不出来了。"何哲叹口气，"那些海蜇到底是哪儿来的？"江良没回答。

　　"这是有意投放的生物武器……自然变异不会这么快，还这么精准。从洋流方向追溯……难道是 A 国？"江良突然笑起来，揽过何哲的肩膀，语重心长地说："这次就当我还醉着，什么也没听见。"

　　那意思是你小子挑拨国际友谊了啊小心被开除。那意思是，他知道答案，但出于某些原因，他不能说。

第九研究所隐瞒的答案太多了。第九研究所，被人唾骂的五个字。何哲在那里度过了整整七年，付出了所有的才华与青春。

何哲一个人在餐馆吃饭。今天的工作依然让人疲倦。

两年了。旁边有几个学生，正用年轻人的不屑谈论两年前的那起事故。他们谈论那些科学家是多么平庸无为，在灾难发生后又是多么无计可施。何哲觉得自己想要冲他们尖叫，因为他们都是白痴，谈论的都是彻底的谎言。

但他不能说。和之前的许多个夜晚一样，他只是面无表情、目光灼灼地听着，听人们谈论那毁灭一切的灾难。

3

2075 年 6 月 19 日。

一夜之间。

海蜇群无声无息地出现在领海边缘，朝海岸靠近。卫星监测站对公众保持沉默，却向研究所发布了生物入侵红色预警。

江良带着所里三分之一的人出海考察。何哲被留下看家。

"它们从哪儿来啊，何哲？"临走的时候，江良传送过来一个加密文件包。"从我们手中来，到我们手中死。"只有目前研究所里最高职位的人才能打开它，也就是说，这份秘密被单独传给了何哲：分布在世界各地的海蜇，都被植入了遗传密码，都是本国军方用来侦查、掩护、破坏的工具。它们无限繁殖着，在失去利用价值的某一天被彻底消灭。一到八军属海洋研究所，负责控制它们获取信息。而第九研究所，负责控制它们的繁育速度，以及提供最终的毁灭。

"为什么要现在告诉我？"何哲打开联络通道，追问。

"哪儿那么多为什么……人类阻止不了你的好奇心了何哲。"那人起初想糊弄过去，在看到何哲认真的神情后——"因为我想提拔您呗，等这次回来，就封你为副所长。多年媳妇也该熬成婆了。"终究也还是糊弄过去。

6月21日，他们出发后的第二天。探测标在航查舰前方三十海里的位置，与成群结队的海蜇相遇。它们随着温暖洋流入侵而来，如废弃纸屑般，漂浮着布满了整个海面。淡紫色蜇体上，还有隐约的白色斑点。

何哲为这个品种做过分析。它极其危险，分泌的类眼镜蛇毒能在三分钟之内杀死一个成年人，千分之一的浓度就能消灭培养皿里的所有细胞。他在通讯器里有些急躁地喊，撤，赶紧撤。

然而江良拒绝了何哲的提议，把食指竖在唇前示意他安静，然后用那双黑曜石般的眼睛凝视眼前的海底。就这样观察了一会儿，突然开口："海蜇群里有潜艇。"

何哲看向外艇监视屏。探照灯的光柱中，一群被海蜇群纠缠的潜水舰时隐时现，是从没见过的类型。或许是在执行什么需要掩护的任务。

但海蜇群前进的方向无疑会对近海生态造成威胁。

江良若有所思地直视前方。

何哲还想说什么，但是通讯频道被强制占用了。是上级，或者上级的上级。他看到江良的神情越发严肃，嘴唇一张一合地在和那端的人交流着什么。嗞啦，频道被还了回来，而何哲没来得及再次开口。

"释放六十七号。立即。"江良深黑的双眸里闪过一道火焰，命令道。六十七号。他们研制的第一种攻击性海蜇，成蜇能够长到一吨半以上，海底世界的霸王。

何哲沉默着点点头，把手掌按向操控台旁边的凹槽。

六十七号繁育池的舱门悄无声息地打开，水流猛地向那个方向涌去，然后被一股巨大的力量拉扯。那是只庞大的海蜇，伞状蜇体发出孔雀绿的荧光，布满金色花纹，竟是那样鲜艳华丽。海蜇体内90%以上都是水分，本不会有这样的颜色……但它确实诞生了。优美，庞大，神圣。它游出那间狭小的囚室，像是天罗地网般笼罩下来，成千上万道丝状触须自在地摆动着，释放着毒素——这种经过特殊改造的毒素更像是天然致死剂，能使其他水母的蜇体即刻销蚀，却对人体基本无害。

半个小时内。它将水母群赶回了离研究所最近的海域，然后一次性杀掉。那些疯狂掠过整片海洋的海蜇，眨眼之间就变成了没有生命的漂浮物，逐渐融化，最终不见了踪迹。海水逐渐变得腥臭黏稠，被毒素和海蜇的尸体所玷污。

毒素将毁灭一切。浓度太大了。

没有鱼虾，没有海草。也没有海蜇。没有生命能在那些毒素中存活。

只剩下了六十七号。它穿越这片灰色的腐败海洋，向更为广阔美丽的深海游去。

从今往后，这片海域将成为彻底的荒漠。

这个以海滨旅游为支柱产业的城市，一夜衰亡。

何哲凝视着那片起伏汹涌的黑暗海水，凝视着在那片黑暗中飘荡的破碎星辰。

那队潜艇从临时港口上岸时，江良他们依旧没有回来。

猛然涌入的海蜇群，产生了巨大到难以想象的冲击力，将那些装备普通的航查舰狠狠砸向海底礁石。他们没办法靠自己的力量突破重围，也来不及等待救援。

航查舰变成了一块块金属饼，安静地沉入海洋深处。后来何哲花了很长一段时间去寻找它们，然后又花了更长的一段时间尝试把那些残骸捞上岸，都没有成功。

而那时何哲什么也不知道。他只是看到通讯屏上突然一片漆黑，耳麦里传出尖锐的干扰音。他只是听见江良的声音断断续续地回荡在自己耳边："何哲，等那些海蜇都被清理干净，就把六十七——"

然后是永恒的沉默。

"何哲上校？"对面的人一身军装，脸上是毫无温度的笑容，"上校，欢迎加入七所，希望大家能在您的带领下……"

政府拨出巨额资金，帮助Q市的经济重建。各界也纷纷伸出援手，不断有志愿者团队赶到这里，帮忙清除被冲到沙滩上的海蜇尸体。上级用一份完美的履历表，换走了何哲在第九研究所的工作经历，然后把他调任到了军属第七研究所担任所长。何哲想过辞职，但下委任状的人只是笑笑，告诉他：没有人能带着那么多机密走掉。

没有人能。

媒体上说，Q市的经济倒退了二十年，而且在最近五十年中都无法走出困境。这一切都是第九研究所造成的——人们这样说，并这样相信着，愤怒而憎恨。

除何哲外，所有第九研究所的科研人员都被扣留在了总部，停职接受调查。一无所知地接受调查。那群因失去生活来源而绝望的渔民，闯入了空无一人的研究所，砸坏了所有仪器，最后还放了把火。

可是有些东西是他们碰触不到毁坏不到的。那些东西在地下，在黑暗中。江良将装有所有研究资料的储存卡，与第六十七号海蜇的致死剂一起，放在了地下观察室里。

真相在黑暗里。知道真相的人越少越好。

4

2125 年 8 月 5 日。

2102 年，第一枚炮弹打响，A 国宣战。第一场战争就发生在那座被海蜇破坏的城市，那座在旅游业一蹶不振后秘密发展着军事产业的城市。大陆架上，数以千计不知何时埋下的潜艇狙击装置让 A 国的水下队伍深受重创，战损率将近二分之一。

2105 年，三年苦战，以 A 国承认失败、签订战争赔偿条款而告终。

2125 年，解密期终于过去，"621"事故的所有资料被公之于众，江良们不再是罪人。第九科研所被称作不朽的传奇，被媒体争相追捧。人们想要设置一个水下纪念馆，在管理海洋生态的同时便于祭悼死去的英雄。工程量不大，对技术的要求却挺高，还要等上一阵子才能建好。

没关系。他已经等了五十年。五十年不算久，总有东西分毫不肯改变。从别墅的窗口向海边望去，能看到海底礁石的布局一如从前。

地质上的五十年太短，地质上我们的一生也不过是弹指而逝。

五十年不算久，可又太久了。他随着那些游客走进全景潜水器里，心想，终于等到了。

这些年，不知是出于什么心理，前来参观"首战纪念遗址"的人越来越多，这里竟也逐渐变成颇具规模的旅游景区。有激动的哭喊声从检票口附近传来，几个白发苍苍的老人被强行拽了出去。他们手里拿着横幅，隐约能看见"621"、"无可挽回"等字样。是那次事故的受害者，这么些年的愤恨，在得知真相后依然难以释怀。他们强烈反对建设纪念馆，还组织过几次抗议静坐，但引起的反响微乎其微。

　　他们都已经这么老了。何哲想起来，自己被人喊"何老"也有好多年了。

　　潜水器下沉，周围的光线变暗。早已被废弃的水下仓库和观察池、繁育池，出现在人们眼前。有些在事故发生后不久，就被填上了，只隐约看出痕迹。

　　三三两两的游客挤在满满一墙架子前，兴奋地低语。架子上摆了些玻璃瓶，瓶身泛出柔和光泽，装着不知什么东西。何哲询问旁边的人，才知道那是新推出的旅游纪念品。

走过去，他看见一只只小巧的水母被装在那透明坚固的瓶子里，和几片水草关在一起。它们有着苍白而精致的蜇体，高贵的鲜红色触须……看上去柔弱得像是无害少女。

何哲张了张嘴，觉得喉咙里突然干渴得难受，什么都说不出来。他马上又走开了。年轻的警卫员在一旁，稳稳将他搀住。

随着潜水器的逐渐下沉，周围的光线越发黯淡。江良他们那些航查舰锈迹斑斑的残骸，早就被政府派人打捞上去，安放进了博物馆。礁石之间空空荡荡。

突然，另一边传出整齐的惊呼。"那是……冥王海蜇！是吗?"人们给六十七号海蜇起了个别称：冥王。不算难听。他们喊着，语气里有着掩饰不住的兴奋与喜悦。几个反应快的马上开始联络媒体。

何哲转过身，然后看见了它。

那是一只外形普通的白色水母，两三米的
螫体……五十年来，人们在这片海洋中发现的
第一只水母。没人知道它是从哪儿来的。

在探照灯的光柱中，它从潜水器的透明弧
顶上荡过，像是这深蓝海洋中的一抹魅影。

在"621事件"发生后的一周内，六十七
号继续在深海游荡，全球海螫总量终于降至合
理标准，存活下来的那些海螫也都不具有威胁
性基因。在最近的几百年内，不会再有海螫爆
发。何哲追踪到了六十七号身上的定位器，然
后在军方潜艇的保护下，驾驶着私人潜水器，
去给它注射了致死药剂。它的身体完全溶解，
变成无色液体沉入洋心。

那次事件，虽让一座城市蒙难，却给全球
都带来了益处，为他们国家赢来了良好声誉。
在战争前夕，这些都是无价的。

何哲屏住呼吸，凝视着那只闲适游过的海蜇。不知怎么的，它身上浮现出了一个绚烂的影子，优美，庞大，神圣。那是六十七号的影子。

它越游越远像是一团即将消失在暗沉海水中的白光。

恍惚间，五十年来第一次，何哲的眼睛被泪水刺痛。

在"哗哗"的声音里，纸页掠过那些扭曲的如山、如水、如星辰日月、又如电闪雷鸣的不知所云的符号，很快到达了尾页。

乐园祭

*By*鲁一凡

vol.1 午夜

鞋子陷入银白色的雪中。

脚踩在上面会发出玻璃碎裂般的轻微声响，然后鞋子凹陷下去，等到拔出来后，就是一个圆圆正正的脚印。波勒把脚抬起来，抖落掉一点积雪，眯起眼睛看向远处，那是迷蒙大雾喧嚣着遮蔽了的塔楼的顶部，模模糊糊能看见上面时针分针的指向，巨大的黑色钟盘面无表情地缓慢前行。积雪落在上面，黑色，白色，如同交织一季的重叠阴影，给深灰色的夜空烙上标记。前几天的时候波勒就发现有东西一直攀在上面，却看不出是什么。

黑夜的幕布悄无声息盖着的钝重的空气，慢慢柔软起来，但是触到男孩脸上还是如同锋利的刀刃，砍在积压着杂草般暗红色气息的胸口间。天气冷得令人发毛。他抬起头往东南角看去，黑暗里那个尖顶的塔楼显得模糊灰暗，连接着的巨大剧场隐没在浮动的阴霾中，影影绰绰倒映出一点轮廓，寂静恍惚间成了一种时态。他感到除了自己的脚踏在积雪上的"咯吱"声之外，还有一个细碎的声音似有似无地尾随着自己。波勒的眼睛却没有离开那个尖顶的塔楼，他瞳孔的颜色渐变，里面映出暗黑色的塔楼，塔楼慢慢变得清晰，有了轮廓，有了声色，如同上映的剧幕。剧幕深处是欢声雀跃掌声雷动的欢腾情景，瞳仁里却流动出更为浓重的液体覆盖住那道光芒万丈的气流，那个人就从里面走出来，睁着火红色的双眼带着天真的表情对他说："你是谁?"

那是他来到这里的第一天。

盛大空前的玩偶剧幕将在这座洛塔市唯一的乐园里上演。欢腾的烟火在以城堡为基型的剧场外部准备就绪，乐园内部是攒动着的急迫的人们，他混在人群里一起挤入那个剧场，坐在最高处的他看到了撩开幕布走出来的演员，他们都是模样极小的孩子，还带着稚气未脱的表情，关节灵活地做出各种高难度动作，但是神情了无生气。他在乐园里穿梭，躲在柱子后面看到那些被关在笼子里的动物和五颜六色的小丑。从一开始他就知道，他们不快乐，并且坐在那些位子上的人们，期待、急切的心情也远比快乐多。他默不作声地离开，却没有立即离开乐园，他偷偷躲入了幕布后，睁开眼睛看见了原本在座位上的人们都挤到了幕布后空间的门口，他们的眼睛发着光，急切地想要看一眼那些演员。而在门口拦住他们的是一个黑头发红眼睛的小女孩，她身材矮小动作却老练，力气也大得惊人，她拦住那些人，只允许他们摸一下那些小孩的头。这些人吵了很久后终于慢慢散去，而那些奇怪的玩偶剧小孩也慢慢安静下来，他们面对观众的激动没有任何表情，如同真的玩具那般默默退场。波勒呆呆地看着他们，迅速隐入幕布后的黑暗。他在那黑暗里待了很长时间，就在昏昏沉沉快要睡着的时候有一只手把他从里面重重地拖了出来，是那个黑发红瞳的女孩子。她的表情天真又狡黠，带着丝丝的警觉，她就用那种神情揪住呆呆的波勒，问："你是谁？"

vol.2　兔子

我是谁？

我也不知道。

波勒瞳孔里的颜色开始慢慢变淡，寒冷的感觉冲破了旧景。那个小女孩把他带到了塔楼的尖顶，黑暗里只有两双脚和地板触碰的声音，然后波勒感到自己被扔到冰冷的地板上，女孩的声音轻盈冰凉，似乎还带着狡黠的笑意。"爸爸，我找到一个玩伴。"他抬起头，看到一张如同父亲般亲切的脸，却在一瞬间失去了知觉，只听到有人说，"你就叫波勒吧，以后。"

他咳嗽了几声。耳朵灵敏地搜索到那个脚步声。果然，还跟着自己。瞳孔里的情景剧慢慢褪去，眼睛慢慢清明起来。那个幻灭的如同父亲般的脸对他说："我是佧。你从哪里来？"

"不知道，我没有父母。"男人朝他走近，却被小女孩抱住，"他是人类，爸爸，你看他能找到这里来，不会是玩偶的，你让他陪我玩，好不好？"

他落在嘴边的话咽了下去——我想变成一个玩具。

在自己想要成为一个玩偶的时候遇到了错误的

事情，却在实现了这个愿望之后那样迫切地希望自己的愿望从来都没实现过。他把头埋进衣领里，风吹得他哆嗦了一下。那个脚步声停下了。波勒从口袋里拿出一个药丸，晶莹剔透却有重量，要不要吃呢，还是直接死在这里吧。存在或者不存在都是一样的。

"如果你能够在一夜之后依然留在玩偶城没有被冻死，那么我会承认你是人类的小孩，你就可以继续回到我的身边。这个药丸可以给你补充热量。"伩这样说。

玩偶怕黑，怕冷，怕强光，怕烈火。矛盾又脆弱，却真真实实是由人类变成的。那些玩偶剧的孩子，生生都是人类的小孩转变而来，他们的头脑在一次次的训练后由生命体转化为机能体，神情变得呆滞，血液开始倒流，习惯了这种日复一日的训练后，他们如同玩偶一般展现出惊人高超的表演技能，让观众们欢呼尖叫，自己却从始至终没有感觉。波勒那时候是多么多么想要成为他们，成为玩具。

因为只有这样，他们才能看见他。

可是现在，什么都没有意义了。他把手里的药丸握紧。黑暗中寂静下来的声息里有东西慢慢移动着靠近，那是一只兔子。

浑身雪白的半米高的兔子站在他面前，神态憨然无辜，落在身上的雪花使得兔子又大了一圈。它明明比一般的兔子大，动作却显得敏捷灵活，是玩偶城关门前没有来得及出去的兔子吧。它窜到波勒身边，用鼻子蹭了蹭他的衣角，波勒有些不耐烦，用手赶它走，没过一会儿却感到又有东西拉住自己的衣角。男孩又试图赶了几次，却没有成功，兔子如同牛皮糖一样待在他身边。波勒心生烦躁，把手里的药丸"噗"地扔出去。那兔子跳起来，"咕嘟"一下把药丸吞下去。寂静里只有"咕嘟"一声响，波勒感到不对，回头看那只兔子，它依然眨巴着眼看着他，但是毛色开始微微发亮，过了一会儿径自朝他走来。波勒更紧张了。

那只兔子直起了身子，把一只毛茸茸的小爪子搭在波勒的膝盖上。

"谢谢你的药丸，波勒。"

vol.3　逃离

　　波勒紧紧盯着它，嘴巴张得老大，一句话也说不出。

　　会说话的……兔子？

　　吃了自己的药丸……突然会说话的兔子？

　　一只莫名其妙留在乐园里跟踪自己，然后吃了自己药丸的……会说话的兔子？

　　"不要这么看着我。"那兔子把自己的耳朵打成一个蝴蝶结，声音细细巧巧。

　　波勒一动不动。

　　它接着做了一个耸肩的动作。像个骄傲的小姑娘。

　　波勒被兔子的模样逗笑了，他把兔子拎起来，"你怎么会知道我的名字？你是玩偶吗？"

　　兔子用爪子往波勒柔软的毛发上打了一下："我就是一只兔子。"

　　"兔子小姐？"

　　"我接受这个称呼。"兔子傲慢地从波勒裤子上跳下来，"说吧，你大半夜跑到这个鬼地方来想做什么？"

"你怎么会知道我的名字？"他紧追不放。

"唔……因为你是乐园里最出色的玩偶。"它咬了咬爪子。

"最出色吗……可我已经不想做玩具了。"

"不好吗？台下那些观众那么兴奋……"

"那是因为台上那些玩偶都是他们的孩子。"波勒垂下睫毛，"那些无知的大人急功近利，都希望把自己的孩子培养成最出色的表演者，让他们机械地操练，但是他们根本不知道这些小孩在日复一日的练习中已失去了原始的生命体，他们一点点从人类变成真的玩具。但那些观众席上的大人只要看到自己的孩子表演出惊人的技巧，还以为他们受到了最好的教育而兴奋地手舞足蹈……真可悲……其实当初我也希望我能变成他们的。"

兔子睁大眼睛："是想……见到你的父母吗？"

男孩惊愕地抬起头，从他第一天来到乐园，就没有一个人能够猜出他的心事，却在几句话间就让这个非人非物的东西知道了自己的秘密，它有点聪明过了头。于是他掩饰地用手指弹了一下兔子打成蝴蝶结的耳朵："但他们再不会看见我了。你呢？离家出走么？"

"小儿科。"兔子转过身去，"我有大事要办。"

波勒很想笑，但他忍住了，装作虚心求教的样子："什么事？"

"你看到乐园的钟了么？"她的爪子朝那个大钟一指。

波勒看了一下，12:47。

"时间沙漏吗？"

"嗯。每个世纪的这一天，时针分针一起走到零点，乐园玩偶城的边门会开启，我要从那里离开。"

"离开？"波勒笑了，他指了指那个大钟，"洛塔市所有的人都以此钟为准，你要知道，明天才是这个世纪的最后一天。"

"笨蛋。"它动了动耳朵，里面马上掉出来一个小小的时间表。表盘上确实显示着准确时间，但是旁边的日期却显示比现在快了整整一天，"24 天前，我每天晚上爬到钟上把它调慢一小时，所以现在这个大钟比准确时间少了 24 小时。"

"怎么可能，那个大钟管理森严，你怎么可能爬上去……"

"请你尊重兔权，我当然不是一般的玩具。现在我就要去找西城女巫，让她把我变成人类。"

"人类?"他从雪地上站起来活动了一下脚踝，"你要去找那个巫婆吗，她可是伥的对手，伥严禁任何玩偶通过大钟投奔西城女巫，违令者永世不得再进乐园。"

"可是依旧有这么多玩偶争相前往不是吗?"兔子摇摇耳朵，"那些观众不知道的，麻木的灵魂有多想变回原来的样子，就算付出代价。所以，如果我不调大钟，就会有无数乐园的玩偶争相而来，那么我无论如何都挤不进那扇大门了。好啦，时间来不及了，我要走了，后会有期。"它踏出一个步子却发现耳朵被扯住。

在它身后的男孩眼里闪着光，有些不好意思，嘴唇却倔强地抿起来："带我一起走吧，兔子。"

vol.4　遭遇

"这样就可以吗?"男孩握紧了透明小车的把手,小车外的铁门缓缓开启。前面五色系的光波在耳朵边流过。

"还有一分钟,现在后悔还来得及。"

"我才不后悔。"波勒小声嘀咕着,只感觉有风从身体后面送过来,乐园的边门在缓缓关上。身体随着小车以一种无法说出的速度被推出去,耳廓边是不紧不慢流动着的音波。等到他睁开眼睛,只看见巨大的银白色大洞在自己眼前漂浮,慢慢消失不见。

"痛!"波勒大叫,"这个洞怎么是在半空的? 我的肋骨都要摔断了。"

"放心,死不了。"兔子在波勒的肚子上弹跳了两下,走下来,神采奕奕。波勒这才发现自己身下是一片葱绿色的草地,日光带着雾气一般柔软暧昧的色调铺陈在空气里,寒冷和无边的黑暗在几分钟后全部被扔进了垃圾桶,波勒觉得热起来。

"别被迷惑了。这里都是希尔比的地盘。那个女魔头可不是好惹的。走吧。"

"你说那个女巫么?"

"不然你以为我说谁?"兔子拉住波勒的裤子,然后直接爬到他头顶,男孩子的头发软茸茸的,舒服极了。

"喂,你可不要在上面撒尿啊。"波勒警告道。

"放心吧,我从不干缺德事。"兔子舒服地伸了一个懒腰,"你看到那里的迷雾森林没有?越过那里就可以看见希尔比巨大俗气的空中楼阁。"

"那我们要怎么过去?"男孩边走边说,他们似乎走了很长时间,可是脚下的草也似乎跟着他们一起走,无论走了多远都感觉还是在原地踏步。波勒头顶着个子变小分量却敦实的兔子,气不打一处来,一屁股坐了下去,狠狠地揪了一把身边的草,结果只听见"吱"的一声惨叫,把波勒吓得跳起来。

"这下好了。"兔子伤脑筋地从波勒脑袋上跳下来,"方圆百里都能听到这个声音。"它像个小老头一样来回踱了几步,然后拉起自己的耳朵,男孩听到"嗡嗡"的轰鸣声，兔子斜眼道："恭喜你，成功地把麻烦惹来了。"

兔子的话音还没有落下，波勒便感到清明的天空忽然被什么庞然大物给遮蔽住，他瞠目结舌地拉住兔子的爪子："兔……兔子……怎么会有这么大的蜜蜂？"

"这是黄蜂。"兔子理理发型，"大叔，希尔比让你来迎接我们么？"

黄蜂绕着他们转了两圈，自言自语道："奇怪，怎么这次只有两个家伙。"

"是啊。那些玩偶们都不愿意再到女巫这里来了，只有我们，我想要把这个小男孩献给女巫殿下，你看他细皮嫩肉的……哎哟，我的耳朵。"兔子拽回被波勒拉住的耳朵，小声道："嘘，这是牺牲小你成就大我。"然后重新笑道，"不知黄蜂大叔可否给我们搭乘个便车？"

对方有些不置可否，把巨大的身躯降落到大草坪上："想见希尔比不是玩游戏。我只能把你们送到迷雾森林，至于能不能活着出去，我就不能给你们买保险了。"

"OK."兔子不客气地拉住黄蜂的触角，把男孩拉了上去。波勒抬头看见远处一脉一脉相连的庞大无边际又好似不存在的墨绿色轮廓，他们像是浓稠的墨点在清明的水塘里，由深及浅染了柔软又迷惑人心的色泽，雾气包裹了边缘线。他揉揉眼睛，忽然感到一阵离心力，大黄蜂已经缓缓起飞。他匆忙闭上眼，没出多久感到眼皮被一双爪子不客气地掰开，兔子的大脸凑得很近："喂喂，到了到了。"小男孩"咕嘟"一下从大黄蜂背上滚下来，屁股压在了兔子身上，被兔子狠狠踢开。正要打闹，波勒忽然瞥见几根青灰色的树枝朝自己袭来，他一手抱住兔子一手拉住大黄蜂的翅膀，黄蜂挥动两下躲开了袭击。

"接下去就看你们自己了。再见。"黄蜂抖落了翅膀上的两个小东西，翅膀的气流让他们睁不开眼，等他们再睁眼，周围已经恢复了安静。

兔子重新爬到波勒的头上，抓住他的头发，男孩觉得到了目的地自己的脑袋一定会变成秃头。他小心翼翼地前行，森林不是很暗，但是雾气迷蒙看不清晰，总感觉四周隐藏着看不见的敌人，正在暗处偷偷窥伺着自己。他抱住肩膀，脚底下忽然踩到什么，于是忍不住叫出声来。声音让一棵棵颜色各异的大树感应到了入侵者，它们纷纷竖起枝干，一个个组合在一起，宛如七色的彩虹群，瞬间竟然把森林上空的光源全部覆盖，只感觉眼前是各种颜色的彩灯发出微微的光。波勒感到又惊异又害怕，各种色彩组成的光斑没有持续多久，它们悄悄地在风的带领下褪了色。

兔子打开蝴蝶结耳朵，抖落了头上的树叶，"这里一片漆黑了。"波勒感到好奇，用手去摸它的耳朵，被兔子一巴掌打掉。

"如果等到这些树叶重新打开，至少要十二个小时，那么我们就没时间了。"兔子原地坐下，打起了坐，"坐下吧，只有等这里的树精出来我们才有光源。"

"那它们在哪里？"

"它们躲在树丛里，我们只能等他们出来。"兔子幽幽道，"这些树精原来也是玩偶城的孩子，现在却成了森林的孩子。波勒，剧场真的那么可怕么？"

"我不知道……"他摇摇头。微微合上的瞳仁里又开始慢慢溢出剧幕般的色泽，那些色泽变幻着，然后勾勒出那个人的身形。也是在那样的漆黑里，无法抑制的恐慌肆意蔓延，眼睛还在黑暗中搜寻着可以看见的一切，他看到那双红瞳就在自己面前，神情狡黠，故作天真实则坏坏地笑，眼里是自己有些慌乱的模样。她说："喂，从今以后你就是我的玩具了，波勒。"他不置可否。"可是你不能说你是玩偶哦，不然爸爸会把你送到剧场去，送到那个关玩偶的笼子里，听懂了吗？"

波勒点点头，小女孩笑道："真乖。我叫巫拉。你要记住了。现在起，你的任何举止都必须学我的样子，这样你才不会被看出是一个落魄的小玩偶。波勒，你虽然是玩偶，但又不会玩偶的技巧，是会被处理掉的，你和这里的玩偶不一样，他们是后天变成那样，可你不是，所以你必须把自己变成人类的样子，明白吗？"

他再点头，心里却疯狂地说，不，我要成为他们，我要变成一个真正的玩偶。他们在台上那么耀眼，他们的父母都在下面为他们欢呼，可我只能是一个奇怪的玩具。只要我成了玩偶，我的父母就会出现，就会来接我，就会喜欢我。他在女孩睡下后偷偷跑出了塔楼，一直到乐园的玩偶剧场，训练笼子里是无数双发光的眼睛在训练着那些麻木的表演者。波勒紧紧盯着他们，火光在他的眼里倒映成一幕幕的烙印。那些烙印看起来明亮之极，就好像他的想象，却忘了明亮的同时也会灼人。在他莽撞上台的那一天，他就应该知道他要为此付出代价，一个小小的玩具是不可能和经过特殊训练的玩偶相提并论的。佧对他说："不要奢望，你根本没有父母，你只是一个三流玩偶师做出来的败笔，于是流落到这里来。你果然不是人类，离开我的女儿。"

那天晚上巫拉紧紧地抱住他说："不行，你不是人类，你会被处理掉的。"她的瞳孔红得发亮，那是一种极深的赤色，比夕阳更萧瑟，漫进来的浅薄光线把她的影子斜斜地打在漆黑的地板上，在那个影子里他看到那些消失的过往里，她对着他露出八颗牙齿的标准的笑，她强硬地拉着他一起睡午觉，她把他关在黑暗的小阁楼里忘了放他出来，第二天早上泪流满面地道歉，有一瞬间他忽然发觉，其实没有父母也不要紧了，他比那些玩偶要快乐。但是他不甘心。于是他没有放弃，于是他只能眼睁睁地看着巫拉把自己重新塞进那个黑暗的只有栏杆的小阁楼里，给了他一个乳白色的漂亮的链子坠，她说："我是人类，我不会死的，放心。"他无法反抗，透过那几根坚固的杆子，他看见巫拉被回收者装进了那个笼子里，她的目光上挑，然后对自己露出一个天真又坏坏的笑容，他再也无法看见的笑容。

暴跳如雷的伴没有把波勒丢掉，他无法找到女儿了，必须有一个孩子，但他却无法找到一个人类的孩子。波勒拉住他的裤脚说："请你留下我，我会成为一个人类。"伴说："我给你一个月的时间，如果不行，就离开乐园。"波勒想，等我变成了人类，我就可以把你找回来，巫拉。但是他没有成功。

"波勒，波勒?"

"……"男孩睁开眼睛，发现眼角湿漉漉的，兔子蹲在他的膝盖上拍他的脑袋。

"你那么怕黑吗？"

"没有。我只是……兔子，你说希尔比会把我变成人吗？"

"你希望我说会的，是吗？"它笑嘻嘻地摊开手掌，"那好，我说，会的。你看。"

萤火般的光亮从兔子的手心里慢慢升起，光线瞬间占领了被黑暗吞噬的整个空间，沉甸甸地浮在了空气中。

"是树精！"波勒用手去抓，那些小家伙就慌忙飞散开。他们长着浅绿色的身体，翅翼透明而浅薄，通体发着微微的光。像是一群不知疲倦的小孩，带着两人在树林里绕来绕去，发出孩子般的欢笑声，就是不带他们出去。有两只树精飞累了停在兔子的耳朵上，波勒看过去，就觉得兔子的两只耳朵在发光，不由地笑出来。

"也许他们的任务是让我们迷路。"兔子偷偷凑到男孩耳边说。他们忽然听到有声音从树林深处透出来。树精受了惊吓，把波勒和兔子拉到一棵大树下。那是人类少女的歌声。波勒觉得这声音极其熟悉，带着沙沙的感觉，非常好听。调皮的树精不再吵闹，他们悄悄地在空中飞舞着，他们像是要拦住波勒，可是他如同受了引诱一般一直朝前走，连兔子也无法让他停下。精灵们跟在他们后面。灯光为四周的黑暗勾勒出毛茸茸的轮廓。兔子突然从树干上跃过，然后径直跳到波勒的头发上，用两只爪子捂住了他的脑袋。

"波勒，别听那个，跟着树精走，我们会找到出口的。"

男孩回过身来，树精们快速地带路，森林开始渐渐有了光，他们感到有通透的日光穿透了茂密的树丛。慢慢地，透明度变得越来越大。兔子猛地一跳，跳入了日光里。

"唔，好刺眼。"波勒闭着眼睛等了一会儿，发现他们已经来到了森林尽头，朝前看还是黑洞洞的，但是他现在已经重新回到了太阳下。而那些树精全部消失了。

"他们不能见到阳光。"兔子知道他在想什么，"希尔比的住所就在森林前面的灌木丛里，我们就到了。"

但是波勒站着不动。

兔子往他愣住的方向看，瞬间睁大了眼睛。

一个人类的小女孩。

vol.5 巫拉

男孩的眼睛露出迷茫的神情，他旋即闭上眼，暗色的光源汩汩潜入眼皮深处，那个人形在那里显得清晰起来，迷雾散开，他感到有泪液一点点逼近眼眶。兔子呆呆地看着波勒撒开腿朝那个小女孩直直跑过去，他的声音似乎从遥远的森林尽头传过来，从耳廓边清晰地经过。

"巫拉——！"

他奔跑过去紧紧抱住女孩，连兔子走到他身边都不知道。

"巫拉，巫拉，巫拉……"波勒拉着她的手，嘴里只低低叨念着她的名字。女孩睁开眼轻轻地笑。过了好长时间，他才迷蒙着双眼转过头，"兔子，你看，这是我一直在找的小女孩，你看……"他重新恢复成了那个精力充沛的小男孩，言语间一片稚气。

兔子拉过波勒，耳朵弯折成一半："你确定么？"

"当然。"波勒破涕而笑，拉过女孩，"巫拉，你怎么会在这里？"

"我也不知道……"巫拉揉了揉眼睛，"我被塞进笼子之后，醒来就和希尔比住在一起，你是来找她的吗？"

"真的吗？这么说你一点事也没有。"男孩兴奋地看着女孩的红瞳，"我……我想让女巫把我变成人类……和你一样。"

"跟我来吧。"巫拉露出甜甜坏坏的笑，拉住波勒的手朝灌木丛走去。兔子跟在他们后面，没有再跳上波勒的脑袋。

"诶……？这就是你住的地方？"波勒看着这个红得几乎可以和太阳媲美的大楼阁，感叹出声来。

它长得如同一个大蛋糕，摇摇晃晃地悬在半空中，奶油色的窗户和巧克力色的门摇摇欲坠。巫拉拉了一下悬绳，绳子自觉地荡下来，把三人一起卷了上去，轻轻放到了门口。他们打开门走进屋，里面空无一人。

"希尔比出门去了。"巫拉拿出蛋糕给他们吃。

"巫拉，她有欺负你吗?"波勒睁大眼睛认真地问。

"没有。我在这里非常开心。"小女孩笑了，转向兔子，"你想吃什么?"

兔子摇摇头。小女孩想去摸她，却被它灵巧地躲开，迅速钻进了波勒的怀里。

波勒被它钻得有些痒，咯咯笑道："兔子，巫拉是我的好朋友。"兔子没有说话，它老老实实地偎在波勒怀里，紧紧盯着小女孩。希尔比迟迟没有回来。巫拉降下悬绳，带着波勒来到日光汩汩耀动的河流上，晶亮的澈蓝与光源低调起舞，光线旋转出金黄色的边缘，缠绕着河水准备奔向下一个目的地。兔子往前踏一步，河流上面映照出它的脸。旁边是波勒和巫拉乐得忘记一切的脸孔。它跑到树荫下，阳光透过叶子流动的光跳动到耳朵上。它忽然想到自己第一次看到波勒——他在那里，表情倔强而孤单。它不止一次地看到过他。它却不知如何让他注意到自己。现在，他眼睛里拥有的是彻底纯粹的快乐。

"波勒，我觉得兔子不喜欢我。"巫拉撅着嘴在河边丢着石块。

"怎么会呢？你知道吗，这只兔子可神奇了，如果不是它，我不一定能找到你。"

"可是它看我的眼神好奇怪哦。我不喜欢它。"

"那……"波勒挠挠头，不知如何是好。

巫拉拉起波勒的手说："我们去森林玩吧。"

兔子突然蹿过来拦住他们："不行！波勒，我们没有时间了，如果再不找到希尔比，我们等不到第二天的零点了，现在已经没有几个小时了。"

巫拉惊叫起来："会说话的兔子！"

波勒"嘻嘻"笑起来："对啊，很可爱吧。"

"波勒。"

"可是兔子，我……舍不得巫拉，我们带她一起走好吗?"

"不,波勒。"巫拉摇头,"我不能离开这里。你留下来吧。你留下来,我们就在这里,一定会很开心的。"

"不行!波勒,这里不是你的世界,你必须在规定的时间内回去。"兔子用爪子拉住波勒的裤脚,"你不是要希尔比把你变成人类吗?"

"波勒!如果你和我在这里生活,那么就算你不是人类又有什么关系呢!"巫拉抓住小男孩的手,眼睛一眨一眨如同有水。

波勒的神色黯淡下来,他想到那个男人,再看看这里的一切,他蹲下身来摸摸兔子的脑袋,"兔子……我想留在这里。这里有太阳,有森林,有巫拉。没有人类世界的等级之分,没有麻木的玩偶,没有功利的大人。兔子,你和我们一起留在这里好吗?"他抱住兔子,它毛茸茸的身体此时显得一点也不柔软,硬邦邦的饱含着怒气。巫拉做出一个胜利的手势,拉住波勒的手迈开一个步子。兔子突然如同一支蓄势待发的箭一般冲到了巫拉面前,只听巫拉一声惨叫，兔子已经死死咬住了巫拉的手腕。

波勒把兔子一把扔出很远，用手握住巫拉的手，急得满头大汗："巫拉，巫拉，你怎么样？"

兔子慢慢从地上站起来，擦掉了嘴角的血迹，默默地走开。

vol.6　密谈

天黑下来的时候波勒躺在床上静静睡着了，兔子从床底下钻出来，扯了扯巫拉的手："我们出去说。"巫拉睁着红瞳看了它一会儿，跟着兔子出了空中楼阁。

"巫拉，哦不，希尔比。"兔子转过头，眼睛眯起来，"我可不是波勒那么好骗。"

巫拉没有说话。远处森林传来的风膨胀出冗长的声息，恍惚苍凉。黑发红瞳的脸开始扭曲，逐渐转变成一个妖精般的脸孔。

"请求你，把波勒变成人类。"它忽然低下了头。

女孩的笑声传来："会说话的兔子，你知道女巫的规矩的。"

"我当然知道。只要你愿意把波勒变成人类，我愿意留在你这里。"

"这还不够，我需要你替我对付玩偶剧乐园的创造者——佧。"

兔子静下来不说话，过了一会儿它说："你要我怎么做？"

"毁了那个钟，只要毁了那个穿越空间，玩偶们就会无法通过，所有的责任都会由佧来负责，那些把孩子送到乐园变成玩偶的大人们如果没有看到他们要的成效，你说佧会怎么样？"

"那你呢，你将没有玩偶资源了。"

"我只要有你就足够了。"她笑起来，"兔子，你是被当做试验品变成现在的样子吧？可是如果你要我把波勒变成人类，你就只能维持现在这个模样，因为我每一次只能满足一个玩偶的愿望。"

"我答应。"它摇了摇长耳朵，"但是……请不要告诉波勒，也请不要让他知道你根本不是巫拉，只是女巫假扮的。"

"来不及了。"希尔比摇摇头，兔子顺着她的目光看去，那个披着睡袍的小男孩正愣愣地看着他们。

vol.7　再见

整整一个夜晚波勒都没有再睡觉，女巫把手放在他的脑袋上，男孩的头发开始茸茸地发光，染了浅淡轻柔的色泽。"现在你是一个人类了，波勒。"男孩没有说话，嘴唇还是固执地抿成一条线，他无法原谅她假扮他的巫拉，更无法原谅原来自始至终他还是没有找到他的小女孩。

"我们走吧，波勒，时间要来不及了。"兔子像个家长似的快速收拾好波勒的东西。

"兔子……"男孩脸红起来，他为昨晚误伤它而耿耿于怀，但是兔子耸耸肩，"别叫得这么肉麻，动作快点。"

"那你呢，你还没有变回人类啊。"

"我的药效和你不一样，我要回到玩偶城才能变回原来的样子。"它抬起头，"波勒，你说我会变成一个美女吗？"

小男孩顿住不动，原来有些沮丧的肩膀开始一抽一抽，最后终于忍受不住地笑出来："哈哈哈……要是美女就做我女朋友吧？"

"想得美！"它用手打了一下他的头，朝希尔比打了一声招呼，美丽的女妖精迅速变幻成了一只巨大的黄蜂，停在他们面前。

"你……你……"

"变成各种形状是她的专长。"兔子爬上黄蜂的背，把波勒拉上来，"出发。"他们从森林里穿过，树精对他们打招呼，彩虹般闪耀的虹光在他们身边飞逝，如同穿过一排时空隧道。隧道的尽头，他们飞到天空的最高处。波勒抓紧了大黄蜂的身体，他感觉整个人都飞了起来，只是兔子没有再爬上他的头顶，它只是抓住波勒的手，一直没有放开。

他们在这个日光之城逗留了一会儿，波勒忽然大叫："看，那个大洞！"

大黄蜂转了一个圈，往洞口飞去。

慢慢旋转着的发着微光的洞在一点点缩小。"来吧，波勒。我们回家。"兔子把男孩塞进洞口，自己却不动了。

"兔子……"波勒惊愕地转头看它。

"波勒，再见。但我必须把这个洞口给毁了，只有把乐园给毁了，那些玩偶才不会继续成为傀儡，女巫的或者乍的傀儡。即使让那些大人伤心，我也必须这样做。"

"……兔子……等等，不行……那你怎么出来！"波勒着急地去拉它的手，被它躲开。洞口还在慢慢缩小。

"抱歉，我想我只能陪你到这里了，波勒，其实我出现在你身边就是为了完成你的愿望，把你变成一个人类，至于我，实现你的愿望就是我的愿望。"它的眼眶里忽然有了水，"放心，我只是兔子而已。再见，波勒。"再也不见。

它用手扯开了那个洞，把波勒狠狠地推了下去，女巫在它身后默默念诵着诅咒。大钟开始敲响。兔子在洞口的这边能听到成千上万的玩偶开始涌入了乐园，它苦笑一下，一声巨大的爆炸声响起，洞口被灼灼烈火给烧得熔化成了气体，一点点消散在女巫城里。希尔比看着那个被毁掉的洞口，说："你怎么会识破我的？你又怎么可以破坏那个伥控制的钟？你……"

兔子看着她，笑了，笑得眼泪从眼眶里掉出来："你已经猜出来了吧……可是，我再也无法变回原来的样子，所以，我再也不可能和他在一起了。"

vol.8　散场

时钟发出巨大的鸣响，破碎的尘埃粒子一直吹到男孩的脸上，就像刚开始那样，寒风在脸上刮出口子般的疼。他重重地落到积雪上，看到那个高大的钟的分针指着 12，时钟已经被完全破坏了，一地的黑色碎屑还有点点星火。乐园里一片此起彼伏的喧闹声，所有的玩偶都聚拢在洞口前，逼着伥现身，一世纪开启一次的钟表城门被毁于一旦，日思夜想变回人类的梦就此破灭，所有的玩偶都不再愿意回剧场。

波勒突然感到手心里有什么东西，刚想拿出来看却被一个人拖到一边，是仵。他还和第一次见到波勒的时候一样，穿着青灰色的大斗篷，神情如父亲般慈祥，现在却慌乱地流下汗水："波勒，你没有被冻死……跟着我吧，这个乐园已经无法再运作下去了，我们必须走了，去下一个城市寻觅生机，这些孩子的家长会来要我的命的……"

　　"……"波勒张张口想说什么，手心里的东西掉出来。那是兔子塞给他的，一个乳白色的晶亮的链子坠。

　　我是人类，我不会死的，放心。

　　波勒死死地盯着那个链子坠，以至于旁边的一切声息都自动幻化为了空气，整个世界只有一个声音，带着邪恶的天真的不舍的声音，对他说："放心。"他握紧那个链子坠，恍惚道："你走吧，我不走，我要留在乐园。"

　　男人强扭不过，只好叹了口气，从塔楼的后门离开。波勒看着越来越乱的人群，感到前所未有的寂寞。

"我只是兔子而已。"

只是兔子小姐而已。他在心里这样想着，胸腔里却忽然发出巨大的悲鸣声。巨大得遮盖了耳膜里所有乐园的喧闹声。一切的一切，都无法和自己想象的吻合。你不知道，不知道我想去见西城女巫的最大原因。不是要变成人类，而是想变成人类以后能够拥有人类的思维，这样就可以找到我亲爱的小女孩，可是现在，即使我终于变成了人类，也没有用了。

为什么要调整钟呢？为什么要带我去见女巫呢？为什么知道一切呢？为什么戳穿巫拉的假象呢？

一切的一切，只因为你就是我的巫拉而已。

他坐在雪地里，再也没有说过话。

深夜的大雪从上空落下来，带走了一切的思念、寂寞、哀愁、心计，一切的一切都被埋葬进了这个世纪的最后一天，再也不复现。

vol.9　乐园

十年后。

"啊，妈妈，你看那里有个好可爱好可爱的大钟啊。"一个小女孩表情亮晶晶地指着不远处一个巨大的玩偶钟叫道。这是洛塔乐园重新开门的第一天。人群陆陆续续踏着雪走进来，他们都听到小女孩天真无邪的话，也看到了那只大得离谱的钟，镶嵌在一只大兔子的兔身上，兔子的眼睛眯起来，闪出狡黠的光，耳朵一只竖着，一只折成一半，模样憨然又邪恶。大钟的顶上，一个男孩子从后面爬出来，他已经长得很高了，眉目已经变得清朗坚毅，引得游人欣然注目，却还像个孩子一样蹲在钟楼上，看着从外面进来的游客。他就坐在那个大钟上，远处的阳光透过层层薄雾射进来，把那个兔子钟打出暖暖的绒光，昏沉的天气被太阳的边角吞噬完全，世界露出原有的姿态。

　　他摸摸兔子钟的脑袋，微微笑起来。还要多久呢？要很久很久吧，不要紧，我就坐在这里，坐在这里等你，亲爱的巫拉。亲爱的兔子小姐。即使是一个世纪。

　　我也相信你会回来的。

By 三三

七夜谈

参加那个叫"另类世界研讨会"的活动时，我还是个不谙世事的大二学生。

　　大二暑假的开端，我在网络上偶遇研讨会的广告。广告上说，研讨会将在午夜十二点于一间老厂房里举办，气氛极佳，参与者讲述的故事也会扣人心弦。那时候我想，所谓的研讨会，无非是由瓜子、碳酸饮料与鬼故事构成的吧。我恰好对这三者都有兴趣，就顺理成章地点击了"报名活动"的按钮。

　　我记得那天晚上，暴雨下得层层叠叠，我双手支撑着一把足够两人容身的伞，结果抵达目的地时还是全身湿透。我把一束目光投向夜光的手表，二十三点五十七分。正在庆幸自己没有迟到，组织者根据我的手表确定了我的位置，他轻快地向我打了个招呼，一团火焰突然从厂房中央窜起。借着火光，我看清了所有的来者，总共只有五个人（不算我），他们的年纪参差不齐。

　　互相寒暄了一番，有位年近五十的男子已

经跃跃欲试，于是他成了第一个讲述者。

第一个故事　医疗事故

心理医生有时候是个很艰难的职业，每当治疗室除我之外空无一人时，这种感觉就会渗出皮肤将我包裹。我确认性地敲了敲桌子，是的，艰难。

最初做心理医生时，我总是奋不顾身地闯入病人的精神世界，为自己设置和他们一样的精神裂纹，结果时常搁浅在他们的世界里，不可自拔。日子久了，一些圆滑的职业技巧就用顺了，我开始把病人的症状与书本对号入座，然后进行一番夸夸其谈。

"医生，医生……"我不耐烦地抬起头，对面座位上的人用极其轻微的声音问道，"您在听我说话吗？"

"当然。"我的口气毋庸置疑。对面的女人挠了挠额角，小心翼翼地继续她的讲述。女人四十出头，拥有过一段为期两年的婚姻，继而顺理成章地成为了单身母亲。她有个十八岁的女儿，可能因为家庭原因受到刺激，精神状况一直很不稳定……"这几个月来，她的精神失常越来越严重，身体也越来越虚弱。"我感到女人隐忍着的哭腔。

　　正式见她女儿，是在一个日光如新鲜杏仁片的六月清晨。女孩穿着浅色连衣裙，消瘦得像根棉签，但很难从她脸上找到任何类似病容的东西。她挑了一张靠窗的椅子，还没坐下就开始对我说话，"没有人告诉你吗？你长得很像拉蒙先生。"

　　我笑着摇了摇头，"那是谁？"

　　"一个植物学家，"女孩抿嘴时露出了酒窝，像是怕我不明白，她又补充说，"拉蒙先生亲自种植了镇上所有的夜光树，他住在离我家两条街的地方。"

　　"夜光树？"我有些莫名其妙。

　　"是啊，它们白天和一般梧桐没有区别，但是太阳下山以后，它们会发出橘色的光。那些夜归的人，只要沿着夜光树的光行走，就能找到自己的家。"

　　她讲到这里，我恍然大悟，恐怕拉蒙先生和夜光树都是她自己精神世界的产物吧。女孩的母亲曾向我提过，女孩一周岁生日的那个晚上，她和丈夫发生了激烈的争执，当时丈夫怒火中烧，端起一盆冷水就往女儿身上泼去。那是冬天，女孩冻得奄奄一息。后来女孩就对黑夜怀有一种浓烈的恐惧，睡觉时总是从头到脚都蒙在被子里。显而易见，这就是现实世界里促生"夜光树"的因素。明白到这一点，我试图阻止女孩的意识，挑她的漏洞。"那么，夜光树和路灯有什么区别么？"

"夜光树有生命呀，拉蒙先生用了很多年才种满整个小镇的！"她强调说，"而且，夜光树只在**那个世界**才有。"

我大吃一惊，一般精神病患者是不能区分现实世界与精神世界的，这个女孩子的病症真有些不同寻常。我颇为好奇地继续与女孩对话，企图得到更多信息。

"方便讲讲你平时的生活吗？"

"嗯，我住在一栋水做的房子里，靠在墙上能感到一种特别的温柔。每天放学回来就和妈妈一起照顾盆栽，至于爸爸嘛，他外出工作，偶尔才回来一次。"

"有邻居？"

"邻居们最有意思了，卡夫卡先生住我家左边，他很开朗，经常和父亲在屋子外喝酒聊天。他好像很博学，听说在写小说，不过我从来没读过他写的东西，唯一印象深刻的是他和父亲喝酒后满地的花生壳，像一队散乱的楔子镌刻在小镇的记忆里；再数过去有个梵高先生，长着一对让所有人惊艳的好看耳朵，家里也富裕得让人瞠目结舌。曾经有人劝他造一栋十层的高楼来彰显威望，虽说以梵高先生的财力而言不在话下，但他拒绝了，他的理由很浪漫，因为那样会挡住星空。"

我耐心地听她逐一清点完趣味盎然的邻居们，忽然明白，她的心里有个乌托邦，**那个世界**与现实截然相反，所有的悲哀和遗憾在那里都得到了弥补。她想治愈的不只是她自己，而是现实世界里所有的伤痕。我仿佛被很多年前的那个自己附身，情不自禁地沉迷在她的世界里。我不动声色，她自顾自地讲了下去。

"究竟何种缘由使我初次来到那个小镇，我不记得了，总之我已经在那里住了很久了，久得能让一整个游泳池的酒精全部挥发完。

"在我持有居民身份的这些日子里，生活一直很清闲。我有一个叫卡朋特的好朋友，她的上一份职业是流浪歌手，有一天她骑着山羊来到我们镇上，再也舍不得离开。我和卡朋特最常做的事，就是结伴去拜访卡夫卡先生。

"卡夫卡先生是酒馆的常客，他在露天吧台拥有自己的专座。每天清晨钟楼敲出第七个音律的钟点，卡夫卡先生就会出现在他的专座上，而我和卡朋特就像闻到腥味的埃及猫，马不停蹄地跑到卡夫卡先生身边。卡夫卡先生很热衷晒太阳，几乎是凭借这个爱好消磨了大部分人生。不过即便是下雨天他也会打着伞坐在露天吧台里，他说，其实太阳就在那里，只是被积雨云覆盖了，但真正晒太阳的人，仍然能感受到日光。其实我不太理解他的具体含义，但我总觉得，他是一个温暖如三月龙爪柳的人。

"卡夫卡先生喜欢念故事给我们听，他几乎用声音触摸了所有的童话，我和卡朋特总是听得津津有味。有时候我们会向他提议，'讲讲你写的故事吧，卡夫卡先生。'他摇头晃脑地笑着，讲了一个变身甲壳虫环游世界的故事。他说，其实世界不止是庞大的，更是美妙的。然而此外，他就再没提过自己写的故事，不过我们还是坚定不移地相信，他是个天才小说家。

"有一天，卡夫卡先生得了很严重的流感，咳嗽里粘满血丝，更不幸的是，这种流感病毒同时还找上了卡朋特。高烧中的卡朋特拒绝食用任何东西，她用嘶哑的嗓音说，也许她再也不能唱歌了，他们两个就像夏日的冰棍般迅速地消瘦下去。接连好几天，妈妈禁止我出门，理由是要让我成为流感的幸存者。

"我好久都没有见到卡朋特和卡夫卡先生，每天对着窗台，鼻翼里恍惚地钻入酒馆特有的香气。不知道他们此刻的生活到底如何，不知道流感过后一切会不会安然无恙。我怀揣着担忧望向窗外，忽然

想起卡朋特说的她家乡馥郁的夜色，想起卡夫卡先
生朗声念出的一幕幕童话，感觉自己其实并不孤单。
我把羽毛笔浸润，想为我的流浪歌手朋友写一首
诗——《与你为邻》。

　　　　"为什么极乐鸟开始绽放行踪，

　　　　每一次，当你靠近的时候？

　　　　它们的愿望和我的如出一辙，

　　　　那就是，与你为邻。

　　　　为什么星星从天空的怀抱里滑落，

　　　　每一次，当你轻声走过的时候？

　　　　它们的愿望和我的如出一辙，

　　　　那就是，与你为邻。

　　　　在你生命线开始熠熠生辉的那一日，

　　　　所有的天使齐聚一堂，

　　　　决定让这个世界簇拥一场最真实的梦，

　　　　于是他们把月亮里的金色粉尘喷洒在你的

头发上，

　　而你的眼睛则被星光染得清澈见底。

　　那就是为什么，

　　整个镇子的人都跟在你的舞鞋之后，

　　就像我一样，他们分享着一个愿望，

　　那就是，与你为邻。

　　"大约一个礼拜后，流感被人们驱逐出了小镇。如奇迹一般，所有人都恢复了原先的生机。我把这首诗拿到酒馆，在卡夫卡先生为它谱曲之后，卡朋特有了第一首属于自己的歌。她在小镇北边的空地上搭了个舞台，吉他弦进出这首叫《与你为邻》的歌。镇上的人们慢慢围在她身边，音乐给小镇带来空前的感动，日光把她的梦想照得很漫长。"

　　女孩的故事讲到这里，我几乎已为她讲的世界所入迷，于是情不自禁地做起了分析。

　　在我们的世界里，卡夫卡死于肺病，而卡伦·卡朋特的生命则断送在厌食症手里。在女孩的世界里，一切截然不同，她用一场流感代替了所有的病痛折磨。流感虽然会让患者一时难受，但它就像暴风雨一样去得很快，风雨过后一切风平浪静，圆满的大结局收尾。我有些感动，**那个世界**那么单纯美好，有梦想有尊严，死亡则望而却步，我感到女孩的骨子里有种很极致的憧憬。

我没来得及说任何话，女孩又开始了下一个故事。

"我的十八岁生日是在小镇上度过的，那时候我兼职做一份邮递员的工作。确切地说，是把镇外传来的消息发送给每户恰当的人家。我家里没有过生日的习惯，虽然十八岁应当有成人礼仪，但这些对我来说，都只是形式上的事。

"我照旧推着邮政车开始工作，那天的信出奇地多，仿佛信件在邮局堵塞了几个月却在这一天蜂拥而来，不过邮递工作是我的本职，只能挨家挨户地送。

"就在我抵达第一户人家，要把信塞入信箱时，忽然看见信箱口插着一枝深红色的玫瑰，玫瑰边还斜置了一张明信片，写着生日快乐一类的言辞。我瞬间很感动，也许在你看来是件很普通的事，但对我而言，被人在意是一件很感人的事。

"我沿着街道逐一把信送出，发现每户人家都为我准备了玫瑰和明信片，植物学家拉蒙先生还特地为我培育出一枝彩色的玫瑰。它们只是安然端坐在信箱上，等我伸手摘取那份静谧而温暖的爱。我曾经觉得自己活到十八岁，生活向来很简陋，但现在，我明白我错了。

"回到家的时候，黄昏把整个小镇拥在怀里，夜光树在街边蠢蠢欲动，时刻准备吐露橘色光芒。终于把这百感交集的一天过到了黄昏，我抱着明信片与玫瑰进了家门。翻看明信片的时候，我小心地先取了我最在意的那张。那张明信片来自一位我暗恋已久的男孩子，有个阶段我一直小心地跟在他二十米远的身后，警惕着自己不被他发现。他比我大三岁，我知道他所有的秘密与爱好，却从不敢正视他一眼。

"'你好……' 我抬头深吸一口气，继续念了下去：

'你好，不知道你的名字叫什么，但很早就记住你了，那个一直在我背后低着头走路的女孩子。听说你今天十八岁了，生日快乐。

'其实我有时候也会偷偷跟你，看你对着夜光树傻笑的样子，你是不是在想，如果你爸爸忽然在某天晚上回家，有了夜光树就不会迷路？

'很想知道你为什么总是不开心，其实生活就像滚雪球一样，只要你有勇气往下滚，雪球一定会越来越大的。只要愿意去感受，就会发现旁逸斜出的意外惊喜。

'我记得我十八岁的时候，脆弱得像块炸薯片，以为自己只拥有两件东西，一是遥不可及的梦想，二是永远没有人认同的价值观。所以我想，你比我幸福很多，因为如果你还没找到那样的人的话，我愿意做第一个认同你的人。'

"明信片很短，我却反复看了很久。出于某种超出语言之外的感情，我感到眼眶开始沸腾。如果可以的话，我想永远留在**那个世界**里。"

我打断了她，"**那个世界**？"

"嗯，"她的表情很淡，她说，"我一直知道存在着两个世界，我必须做出选择，究竟哪边才是真实的世界……"话还没说完，一阵咳嗽阻止了她。

我想我是明白的，毫无疑问这个是真实的世界，但**那个世界**才是适合她的世界。她在那个世界里感受到了被爱，感受到了坚持存活下去的意义，拥有真正的生命。

我治疗过很多病人，几乎所有受过伤害的人都怀有伤害他人的欲望，然而这个女孩，想的是把治愈施舍给全世界。我不忍心把她拉回现实，不忍心让她重新变回单亲家庭的、怕黑怕水的女孩。我反而更希望女孩真的只存在于虚构出的世界，可以的话，我愿意把这个现实世界从她心里彻底剔除。

于是我开始了一场"反治疗"的治疗，普通治疗是找出虚拟世界的漏洞，从而迫使患者回归现实，而我却试图帮她继续构造那个世界。整个过程中，她一直很配合，好像她自己也心甘情愿地选择了那个世界。

不久后，她的母亲又来找过我一次。她拿起我桌上的红茶劈头盖脸地泼过来，她说她的女儿现在只会胡言乱语，连清醒的时刻都没有了，她彻底失去了这个女儿。她歇斯底里地怒吼，一直吵到我们院长的办公室，说出了这么严重的医疗事故一定要把我革职。

好不容易把她送走以后，院长把我叫到他办公室，例行公事地询问了一下我的治疗方法。我没有告诉他，真正导致这种结果的原因：因为我们一致选择了过于美好的**那个世界**。

我只是佯装轻松地对他说："心理医生有时候是个很艰难的职业。"院长确认性地敲了敲桌子，"是的，"他停顿了一下，"很艰难。"

　　他的故事讲到这里，就全剧终了。在场的人并未给出很大的反响，每个人都把视线对准厂房中央的火苗，因为难以下评论，所以大家颇有些不知所措。这时我开始意识到，这个集会较之我先前对它的想象，要远远有新意得多。

　　我低头剥着指甲，一位女士的声音开始触碰我们的耳膜——"以我所就读的大学为中心，北偏东三十五度的方向，步行二十分钟，时速控制在三十公里左右，会出现一个叫做七点商场的百货公司。"我想，第二个故事已经开始了。

第二个故事　七点商场

　　以我所就读的大学为中心，北偏东三十五度的方向，步行二十分钟，时速控制在三十公里左右，会出现一个叫做七点商场的百货公司。

我是个讨厌列数据的人，之所以把路程表述得这么复杂，因为距离事情发生已隔了近十年，周边的建筑全部焕然一新，何况七点商场不是什么平庸之地。如果不讲得这么精确，怕是找不到七点商场的。

十年前，我还是个法学院的大学生，背包里塞满各种课件，袋里却总是没什么钱。因为家境贫寒的缘故，我一年里新添置的衣服不会超过两件，还都必须挑疯狂打折的商品，大部分时候，我穿的都是母亲年轻时的衣服。进了大学，人心里的势利多少开始被唤醒，在同学们眼里，我就像我的衣服一样不合时宜。所以我在大学里没什么朋友，走到哪里都形单影只。

学校坐落在郊区，大约十年前，投机者们尚未意识到这块地的商业前景，校区附近还蔓延着许多自然界元素。从北校门往外走一小段路，成片的麦田就能把散步的人卷进怀里；而每逢春天，油菜花情绪高涨地绽放仿佛吸过大麻一样，当时的我极其渴求那样的场景与情怀。我记得那是一个寻常的礼拜三，草率地吃完晚饭后，我独自出北校门走向农场区。时值六月，天黑得很晚，我穿着一双夹脚拖鞋，缓缓地在乡间小道上行走。

迎面扑来夹杂了草籽气味的风，我深深地吸了口气，忽然发现不远处有隐约的灯火。我曾把这条路走过好多遍，却从来不知道这附近有人家居住。念大学之前，我听说大学城在建造之前，是个古墓的遗址。这时候想起这个传说，不由得毛骨悚然。

迟疑片刻，我终究还是朝灯火的方向走去了，反正我这样的人活在世上也索然无味，如果真有鬼魅，不如把我一起带走吧。随着步伐的接近，灯火变得越来越清晰，我发现这建筑是个庞然大物，入口处荧光灯亮出四个大字：七点商场。

我像弓弦一般紧绷的心情瞬间放松下来，这也许是一家开在郊区的厂家店。虽然没什么钱，但既然摸索到了这个地方，不妨进去逛逛。

"欢迎光临七点商场。"年老的营业员露出谄媚的微笑，一边打量着我的着装。那天我上身套了一件红蓝相间的格子衬衫，下身是一条米色的一步裙，这两样都是母亲的旧衣服，搭配在一起，俨然就是上世纪的打扮风格，很土气。

营业员挑出一件白色镶边连衣裙，面带职业性的微笑，递给我说，"小姑娘，试试这件吧。"

"不，不用了……看看就好。"我有些害羞。

"没关系的，先穿上嘛。如果你不愿意试穿适合你的衣服，衣服是会失望的。"

她的说法很有趣，逗笑了我，于是我换上了这条连衣裙。站在试衣镜前，整整五分钟我都说不出话来。镜子反射出的影像确实很美，我从小到大从未这样美丽过，但震慑到我的并非仅限于此，我恍惚感觉到，镜子里出现的是另外一个人。

"真美。"营业员如欣赏自己的杰作般感叹道。

她的声音把我拉回了现实，我意识到应该立刻换下这件衣服，以免承受买不起又割舍不下的痛苦。营业员似乎看穿了我的心思，说："小姑娘，你知道七点商场的规则吗？"

"规则?"我情不自禁地挑起眉,这时我才仔细地观察了一下营业员,她的脸和身体上皱纹密布,深陷的眼睛散发出衰老的气息。我想,一定是公司为了节约成本,才请老龄员工来工作,反正厂家店开在郊区,平时工作也清闲。我冲她摇摇头,"不知道。"

　　"七点商场的主人是一个意大利服装设计师,他对'衣服'这样东西有很独特的理解。主人开这家商场并不是出于营利性的目的,在七点商场里,所有来客,凡是能找到适合自己的衣服,直接穿走就行。用主人的话说,重要的是穿衣者必须能体现出衣服的价值,这是对衣服的尊重,因为,其实每件衣服都是有**灵魂**的。"

　　"如果合适,就不用付钱吗?"我不无惊异地问道。

　　"不错。"营业员点头,斩钉截铁。

　　那是我第一次去七点商场,作为收获,我带走了五件**适合**我的衣服,固然是免费的。我把母亲的旧衣物留在商场的垃圾桶里,穿着那件镶边连衣裙走上回学校的路，时间将近九点，我一边走一边四处张望，摩肩接踵的麦穗在湿热的风里摆动，我的骨骼里膨胀出一种从未有过的自信，我感到世界如此美好。

在我邂逅七点商场之前，我是个浑身积压着自卑的人。那时候我恰好二十岁，因为无论如何也摆脱不了身上的寒酸气，所以自暴自弃地不愿意和任何人接触，久而久之，连同寝室的室友都把我当成隐形人。对那个时代的我而言，一下子新增五件新衣服是一件值得狂欢的事，这种狂欢几乎夺走了我的理智，但那时我完全意识不到。

第一次从七点商场回来后，我感到体内有种强烈的改变。我迷恋上集体聚会，想让所有人来欣赏我的美；和室友的关系也有了微妙的变化，我开始加入她们的逛街活动，甚至学会主动找话题和她们交流。不出一个礼拜时间，我脱胎换骨，身边居然也有了追求我的男孩子。

然而，并不是所有人都对我的改变抱有善意态度，比如我的一个室友。她算是我们的室花，出众的外表与富裕的家庭让她俘获了万千宠爱，也铸就了她飞扬跋扈的性格。在我蜕变的过程中，她时常主动来找我聊天，但语气中的讽刺与轻蔑的意味日益严重。没过几天，全班都在窃窃私语我被富商包养，后来有人告诉我，信息的来源是我那个娇纵的室友。她还嘲笑说，那个富商不是品味独特就是个瞎子。

当时一股愠怒从我心底升起，我的室友不缺少任何东西，却要如此针对一无所有的我，我努力从别人的歧视中走了出来，她还偏要肆意凌辱我的尊严。因为她如此刻薄的攻击，我决定再去一次七点商场，我想，也许只有让自己拥有更多，才能达到报复她的效果。

于是隔了三个礼拜后，我又一次去了七点商场。

接待我的还是那个营业员，她苍老的面孔里流露出一种得意的神色，仿佛我的再次光临是她意料之中的事。"你觉得有什么适合我的衣服吗？"我轻声地问她，略带一种羞耻感。

她点点头，带我从一个房间穿梭到另一个房间。我注意到，七点商场里有一间上锁的大房间，我问她，"那里面是什么？"

"那是最**顶级**的衣服，一般人是不能试穿的。"

"顶级？这是怎么区分的呢？"

"啊。"她抿着嘴唇思考片刻，"主人说过，其实衣服是**身体**的一部分，当身体和衣服能达到合二为一的效果时，那才是真正的顶级。"她一边说一边从衣柜里拿出几件**适合**我的衣服，我顺从地试穿了。营业员站在我身后，苍老的面孔被羡慕的神情所占领，"我以前皮肤也有你那么好的。"

"我也会老的嘛。"我安慰她。

她摇了摇头，把话题转回到衣服上，声音里有种怅然若失，"这件衣服颜色不错，穿在你身上很好看。"大概是想把话题扯远一点，她又补充了一句说，"你知道吗？人体内其实有各种**绝美**的颜色。"

我第三次来七点商场，纯粹是因为上瘾了。

不需花钱，却能找到适合的衣服，然后用它们把自己点缀得楚楚动人，去让爱慕的人欣赏，让憎恶的人嫉妒。说起来，这算一件大快人心的事。

　　为了有更多时间去选择合适的衣服，第三次去七点商场时，我逃掉了下午的两节法理学课程，出发得格外早。下午的乡村小路渗出一种独特的明媚，我想象着苍茫的农场里镶嵌着一位二十岁美丽女子的画面，不禁滋生出无限的自恋感。

　　绕了几个弯，我终于找到了那栋熟悉的建筑，"七点商场"，我念了一遍它的名字，嘴角难以掩饰地皱出了笑容。正准备进去时，我蓦然发现，门前竖着一块布告牌：七点商场营业时间7:00 p.m.—12:00 p.m.。我恍然大悟，七点商场是在晚上七点开门的，这就是它命名的由来。但为什么偏要选在晚上开门呢？我感到这个商场有些蹊跷。

　　还没来得及细想，布告牌上的一幅画吸引了我的视线：在辽阔得让人心悸的森林里，有一头长颈鹿。长颈鹿的身体正被火焰包裹着，但它安然无恙地站在那里，既不哀嚎，也不寻找水源。近景处有一个女人，她的身体就像一个柜子，从胸部到腿部插满了半开的抽屉，凑近看，还会发现她的身体被一条绳索串联着。画的右下角标注着画家的名字：S.Dali。

不知道为什么，画里的女人投射给我一种难以言喻的压力。我盯着她看了片刻，感觉自己身体里像是有某种东西在融化。像要甩掉厄运一般，我转过身匆忙地向学校跑去。

后来，我在网上查到了那幅画，画家叫萨尔瓦多·达利，他最自豪的是和毕加索一样拥有伟大的西班牙国籍。那幅画的名字叫《火焰熊熊的长颈鹿》，注释说，达利用打开的抽屉象征了女人孤芳自赏后的满足。

如我先前所述，自从受到七点商场的恩惠之后，我的自信心像决堤的河水一样从身体里涌出来。我凭借这股自信与娇纵美貌的室友抗衡，后来我才明白，这种自信与抗衡都是无止境的。我第四次去七点商场，是冲着那些"最顶级"的衣服去的，我想证明自己的魅力远高于我的室友，我想看到她怨恨得要哭的样子。

"欢迎光临。"营业员依旧这样跟我打招呼。

"我想知道最顶级的衣服是什么样子的。"我开门见山地说，这些日子以来，我说话的方式越来越生硬。

"嗯……"营业员停顿了片刻，像是很为难地说，"想了解最顶级的衣服，你必须加入我们的圈子，加入条件是贡献出一件最顶级的衣服。"见我愣了一下，营业员安慰似的向我微笑说，"我以前跟你提过主人的理念，当身体和衣服能达到合二为一的效果时，那才是真正的顶级。制作最顶级的衣服，需要从你的身体里榨出各种颜色，以及二十岁特有的青春气质。"

我顿时惊慌失措，脑子里跃出达利的那幅画。营业员注意到我神色的变化，用柔软的语调继续讲道："放心，不会死的，也不会受伤。如果你需要压倒一切的美丽，只有这么做。"

画里的女人从长颈鹿的身边走过，火焰在她背后争强好胜似的燃烧着，顷刻感染了整片森林。女人一直走到画纸上最显眼的位置，打开身上的抽屉，留下了某种形而上的东西……我忽然领悟到那幅画的意义。

　　我曾经以为七点商场是免费把合适的衣服送给我，但现在我懂了，每次我来到七点商场，打开身上的抽屉，留下了身体里弥足珍贵的东西，一步一步，在虚荣里越陷越深，最终掉入它们的陷阱——贡献出身体里能制作衣服的原料。我以为衣服给了我自信，其实更是助长了我的欲望。我想，把身体里的元素榨干以后，我就会变成营业员那样干瘪衰老的模样吧。我一定会在看到结果的那瞬间不甘心，然后做下一个营业员，诱惑下一个年轻女孩交出身体……所有的年轻女孩都进入了那个悲哀的循环，唯独"主人"仓库里的最顶级的"人体衣服"还在增长。

　　我没有给营业员任何答复，借口要上洗手间，她狐疑地打量着我，选择了相信欲望的强大力量，眼睁睁地看着我离开她身边。我穿过罗列得井然有序的房间，找到一个熟悉的垃圾桶，从里面翻出了母亲的旧衬衫与黄白不匀的一步裙。

我竭尽全力向商场外跑去，那时候月亮还未来得及升到中天，我在麦田的怀里跑得忘乎所以，耳朵里只剩下透彻而尖锐的风声。

　　故事在一片景色描写中抵达了尾声，余下的五位听众依旧有些怅然若失，没有人鼓掌，也不见任何讨论。顽固的雨还在拼命袭击着大地，由于厂房没有门，湿气不断地扑面而来，我感到气氛有些压抑，于是我转向身边的一位男士，企图讲一些缓和的话。我说："这个故事是虚构的吧，你觉得呢？"

　　"大概是吧，"他朝我笑了笑，脸部肌肉僵硬地抖动着，"不过我相信另类世界的存在，我给你们讲个真实的故事吧。"

第三个故事　机器人

1

　　我的父亲在机油味令人作呕的房间里玩螺丝钉的那一年，世界上还没有我。父亲把螺丝钉逐一立起来，放成一排，然后引发出一场多米诺骨牌效应，牙齿还一边格格作响。玩累了，父亲跑到仓库里，往身体里浇上一罐油。

　　父亲是机器人，处于一个与人类相互对立的身份范围。他只欣赏一个人类，那个人叫雷锋。雷锋在被公布的日记本里写道："我想做一颗螺丝钉。"在这句话里，雷锋的着重点其实是"想"字，这个字背后的复杂效果父亲固然不能明白，父亲只知道"螺丝钉"是自己身上一个零件，他觉得雷锋这个年轻人很有志向，总有一天会归顺机器人大部队。而父亲不知道的还有很多，比如雷锋其实酷爱照相，穿着打扮方面也是当时一流的潮男。

　　父亲偶尔抽烟，他把这个行为当做自己额外的技能，这引起了机器人们的不满。机器人这种东西是受集体意志支配的，任何额外的东西都是被禁止的，所以当父亲点着烟站在广场上咂巴嘴的时候，经常有不屑他的机器人过来挑衅。父亲固然很强壮，但也经不起车轮战般的斗殴。有一天父亲的右腿被打坏了，挑事的机器人们见此情景拔腿就跑，因为打架也是集体意志以外的东西。只是所有机器人都在这么做，因而没设定任何惩罚。

那天父亲一个人单脚站在广场上，对着日落西山的天空抽完了所有的烟，忽然感觉有点无聊。他认为是时候给自己造个同伴了，造个能一起欣赏雷锋，一起挨打，并在他受伤后能修理他的机器人。他支着单腿一路跳回家，像一条桀骜不驯的虫子。然后嘛，就有了我的母亲。从我的角度来看，这是父亲最得意也是最后悔的一件事。

再然后，就有了我。

2

我们机器国有个规矩，每个机器人在被造出来的一年后，必须经过一项考试。对于没能通过考试的机器人，集体意志会把它赶出机器国，送往人类世界。

我的母亲一辈子几乎只在做两件事，一是跟父亲打架。父亲大概很委屈，他造母亲出来是陪他一起挨打的，结果却适得其反。更可恶的是，父亲根本不是母亲的对手。在造母亲的时候，出于某种不祥的想象力，父亲把母亲的手做成了两把剪刀，这就使母亲的攻击力大增特增，简直像吃了传说中的五石散。每逢夫妻打架失败的时候，父亲就默默地走到后院，趁母亲没跟来的时候，迅速而猛烈地抽烟，并大声对着花草喊一声"他妈的"。父亲不知道自己为什么这么说，但这三个音节凑合在一起让他觉得很有趣，念一遍就会很舒服。母亲大约会在十五分钟后赶到父亲身边，一言不发地用新零件修复父亲身上的伤口。父亲像捕鼠夹上的猎物一样坐在母亲身边，一切完工之后，母亲弹掉身上的蚂蚁，对父亲说一句，"滚。"于是父亲缩起身体，在一定加速度下努力地滚向篱笆墙。"滚"也是父亲的技能之一，这个技能其实很耗体力。父亲总是越滚越快，最终把篱笆撞出个大窟窿。这些窟窿，后来也是由母亲修复的。

母亲做的第二件事，就是反复向我灌输人类世界的恐怖。母亲说，人有七情六欲，日子过得很痛苦。而且，人会死的。母亲的这种表述，一定也是道听途说来的。实际上，她并不知道七情六欲是什么、死又是什么。我有时候想，这种说法也许是父亲造完母亲后反复灌输给她的。但是如果父亲真的能成功胜任"教育者"这个角色，为什么不顺便一起告诉母亲，"殴打自己的丈夫是不对的！"我脑子有点混乱，当问题解释不清的时候，我会认为，一切都是**集体意志**，根本没有解释。

提到机器国那场惯例般的考试，作为机器人的我感到难以启齿，而现在作为人类的我则百感交集。那次考试，我失败了。考官说我人性太足，不配留在机器国。考官说，叫你父母造下一个孩子的时候，不要这么心不在焉，该输入的程序是绝对不能省略的。过了一会儿，他又补充说，不过你父母手艺还算不错，这眼睛做得漂亮极了，装了阿尔法红射线吧？

3

　　我的故事终于被引到第三个部分了，从这部分开始，我的记忆有点分叉了，像朵用来测雨量的芭蕉叶。

　　考官判定我考试不合格后，把我体内的金属和芯片抢劫一空，连眼睛里的阿尔法红射线发射器也被夺走了。然后把一本类似荣誉证书的红皮书放在我手里，宣布说，从此以后你就是个人了，快点离开机器国吧。他用力揉了揉我的手，我痛得一蹦三丈高。这是我有史以来第一次感到疼痛，我以为这就是母亲说的"死"。我说，他妈的，死可真不好受。"他妈的"是从父亲那里偷学来的，但我直到变成人后才从这个词语上捕捉到了父亲被集体意志淹没时的心情。

　　回到家里，母亲盯着我目瞪口呆，"儿子，人？"

我点点头。母亲又问："阿尔法红射线装置呢？你爸爸的，原创。"我老实地说，送给考官了，他握着我的手无比深情，我不好意思拒绝。在这一点上，我说谎了，实际上我根本没有拒绝选择权。这是我第一次说谎，心里很忐忑。母亲听到这里，什么都没有说，转身就开始和父亲打架。父亲一如既往输得很惨，发出了马儿一样绵长的鸣啸。

后来我才明白，母亲不回答我并非因为恼怒，机器人是不懂恼怒的。她只是再也没有办法理解我说话的方式，不知道我语言里每个修饰词的意味。所以她义无反顾地转过身，决定去做一件最常做的事：和父亲打架。

这时候，抓我去人类世界的机器官兵敲响了我家的门。母亲和父亲扭打在一起，对来者漠不关心。机器官兵扯住我的手，说："走快点，不拷手铐。"我顺从地跟着他走出屋子，最后回看我以前的家的时候，我发现这次父母的架打得很惨烈。母亲的剪刀手一只插在门背后的木屑里，另一只掉进窗外的水沟里；而我的父亲已经彻底恢复到螺丝钉的原始状态，恐怕再也没有办法修复了。

4

　　如果故事像上一段这么讲的话，似乎有点过于伤感。由于我已经成为了人，人类的情怀在我体内布下了天罗地网，稍有举动就会牵扯到悲哀色调的感情。所以有时候我想，大概不是那样子。实际上，当我以人类的身份打开家门时，母亲做出了再也不和父亲打架的决定。但是那样的话，母亲就太无聊了，她企图在一辈子里反复做的两件事，瞬间都被禁止了。

　　母亲依旧像上一个情节里一样回过头，她对父亲说："滚，拿零件，做新孩子。"父亲茫然地抬起眼睛，问道："不先打我，一顿？"母亲本来已经制止自己的暴力行为了，但父亲这么一提她又饶有兴致，于是顺便把父亲又打了一顿，并做完一切善后工作。就像以前那样，母亲修好了父亲，他们又用集体意志的形式恢复到人类夫妻间的和谐关系状态。他们在一起，做下一个孩子，目光再也没有接触过我的身体，我仿佛成了隐形的东西。

这次没有什么所谓的机器官兵，我自觉地走上了人类世界的通道。这天阳光很好，我低着头边走边追赶自己的影子。父母的举动在我心里煽动起一股恨意，其实恨是一种很有趣的情感，至少它包含了一层意思："记得"。因为恨的缘故，在我成为人的很多年后，我依旧时时叨念我的父母，每天意淫着他们忽然出现在人类世界，双双跪在我面前哀求说："儿子，原谅我们吧，我们不该无视你。"这有点夸张，父母是合格的机器人，他们永远不可能做出符合我意淫的任何举动。

就我的父母而言，他们肯定顺理成章地和新机器儿子在一起（也说不定是个女儿），早就忘记了我。而我，如今在一个陌生而庞大的世界里，念念不忘地恨着他们。

5

以上的情节同样不能让我满意，意淫是个很耗体力的运动，作为人类而言，我太容易累了。而且在前两个情节里，我根本没有强调出自己作为一个人的个性。

真正的情况是这样，那天回家的路上，我在路边捡到一瓶浓硫酸。出于人类特有的直觉，我感到这是一瓶能颠覆机器世界的液体，我把它藏进了口袋里。五分钟后，我回到了家，这次是父亲开的门，因为开门是个比较低廉的工作，所以适合父亲，而母亲则坐在房间深处运筹帷幄。

父亲瞧瞧我的眼睛，又捏了捏我的手臂，问道："你，什么人！"父亲用的是一句祈使句，我理解到的意思是，他根本不是真的想知道我是什么人，纯粹要表达一种厌恶。我耐着性子说："爸爸，我是你的儿子呀。"父亲有些莫名其妙，于是把脸转向屋内的母亲，做询问状。母亲眯起眼睛打量了我一会儿，一挥手说："人类，异类，打死！"

其实母亲连人类是什么都不知道，可我看得出来，她是真的想打死我。我往后退了一大步，摸出口袋里的硫酸瓶。照道理说，既然这个情节里出现了浓硫酸，那么它一定会起到应有的作用。我在父亲反应过来之前，把浓硫酸泼到了他身上；又在母亲反应过来之前，逃离了这条街。

后来，等我在人类世界学够了知识，才意识到这个情节真正的结局。我把浓硫酸泼在父亲身上，因为铁离子比氢离子活泼，而父亲的身体又是用铁做的，所以父亲变成了一种叫硫酸铁的东西。硫酸铁有什么用，我也不懂，反正，父亲从此变成了废料，成为了超出集体意志的东西。

得知这个结局，我很后悔。我本意上不想伤害任何人，即使一定要拿硫酸泼一个人，我也希望泼的是母亲。母亲才是真正要置我于死地的机器人，父亲不过是奉命行事，而且以人类世界的目光来看，母亲向来是个乖戾的女人。

6

以上三种情节，都只是我一厢情愿的说法。说实在的，考试失败后究竟发生了什么，究竟怀揣着怎样的心情变成了人，我无论如何也想不起来了。

　　我所能做的，只是不断设想各种可能性，总有一天找到和事实相吻合的情节，虽然从概率学角度来看，我有点海底捞针。

　　简直是囫囵吞枣般的，我来到了人类世界，以一个人类的身份工作、恋爱，并在这里生活下去。我现在的同类们，没有一个对我刨根问底，谁都以为我是个努力工作的正直青年，我也没对别人提过驻扎在我记忆深处的那个机器王国。

　　今天我把故事讲出来，是因为不愿意让这个秘密烂在心里，同时也想说明，其实我们周围存在着很多另类世界。你们如果依旧不相信，把我的名字罗列在"疯子"名单里，我也不介意。

　　我只想说，世界上其实有很多我们没办法理解的事，不管处在何种位置，本分地活下去是最好的选择，趁这个世界还没有被集体意志吞并，趁我们还拥有选择权。

　　"什么呀，你也是骗人的吧。"我推了他

一把。

他照旧保持着一成不变的笑容，他笑起来其实挺好看，但总有种让人毛骨悚然的感觉。他说："你把我当疯子也可以。"

我盯着他的侧面望了一会儿，问道："那你有什么证据么？"

"虽说现在是人类，但毕竟身体里还有机器人的部分无法改变。"他拖起腮，火焰在面前噼啪作响，过了好长一段时间，他脱下外衣，打开自己的胸部，从里面掏出一支烟。在火光的掩映下，胸腔里的铁片与螺丝钉清晰可见。他点起烟，缓慢地端到嘴唇边，再也没有说过任何话。

我们五个听众面面相觑，没有人敢往下讲下一个故事。

他们所有的梦想都实现了

*By*李元

家里人给我的奶奶找过很多个保姆，因为各种原因，辞退了不知道多少个。终于有一天，总算等来一个能令她满意的，之后的很长一段时间里，她就和这个保姆两个人住在高楼的一栋公寓里。

从公寓的窗户看出去，上海那几个地标性建筑就扎根在那儿。每隔一段时间我就去看望她，虽然这让我感到麻烦，但久而久之，也就把它当成了定期要完成的义务，每一次我都努力显出真诚，生活忽然因此变得有节奏了。

如果你生在一个人数众多的大家庭里，总会看见亲戚们围坐在一起，反复讲起往事。他们非常爱说一句话，"我们哦，可是名门之后。"说是祖上有个将军，还有一栋大宅子。我脑海里立刻浮现出一个中式园林的画面，里面来来往往很多佣人。为此，亲戚们还专程去了图书馆查阅资料，发现真有此宅，而且后来被人一把火烧成废墟了。

听完我就问我爸，"那咱们现在这样算不算家道中落？"我爸装作没听见，每当不想回答我的问题时他都是这样。当这段光辉历史又被我那些早早退休的亲戚们热切地聊起时，我忽然发觉，这也许是上天冥冥之中通过一代代的努力，刻意让我成为一个白手起家的人。

客人到家里来，亲戚们还会从大橱里翻出厚厚几本旧相册。要不是那些旧相片保存着，我一定想不到奶奶会是那种大宅子里出来的女孩，穿着刺绣旗袍，和家里的其他姐妹们穿梭于各种社交场合。将军父亲让他的女儿们念私立的学校，然后去最好的大学，教导她们要正直和宽容。她们结交和自己同阶层的朋友，不可否认从那些相片来看，她们的身影为这群人聚在一起组成的阶层增添了时髦的气息，她们尽情享受着当时稀有的优越条件。我听亲戚形容那栋宅子辉煌时候的模样：夏日里，为了使房间里的气温下降，宅子的顶部被安插了一个喷泉，这个大机器工作的时候能把整栋宅子用水包围起来，从房间里看出去，就像是天上掉下了瀑布。难怪当亲戚们寒酸地，却又忍不住口沫横飞地炫耀着和他们几乎沾不上边的家族历史时，我的奶奶总是表现得不屑一顾。一种可能，这些东西早被她当做是平常，也可能她不愿让自己有那层念想。

我开始并不相信，我以为奶奶顶多是普通人家的闺女。后来我又很仔细地观察奶奶，突然觉得，越看越像了，她以前大概真的就是个千金小姐。

而在当时，爷爷也是追逐时髦的漂亮男人，干一些文艺工作挣些小钱，总而言之是个穷小子，但不难想象他和奶奶这种娇生惯养的女孩子走到一起，这样的结合放到现在也可以理解。尤其翻看旧相片，发现这两位年轻人最爱做的事情，就是到处拍合照，就像现在的人爱自拍一样。剧场后台拍一张，吃饭之前拍一张，站在家门口也要拍一张，爷爷不仅长得漂亮，还很细心的，每一张照片后面他都会贴一张小纸条，上面写着拍摄的时间和地点，每一张。后来爷爷索性把奶奶也带上了舞台，相册里面有好几张褪了色的他俩一同登台的剧照。

从技术角度来讲，我发现一点，这些照片的质量在某几年里突飞猛进了一下。而在此之前，他们似乎有一段漫长的时间没有拍照，我猜不出原因，也许奶奶受不了爷爷的穷？也许他们工作太忙了？

奶奶向家里来的客人们介绍一张张相片的时候，也从未说起这段空白期，就这么一笔带过，久而久之她叙述中的这一笔带过越发显得自然了。我想，每个人都有自己的秘密，那几年是他们的秘密，我以为她早晚会告诉我。

照相技术变好之后，他们重新开始拍照，所有的相片全是关于家庭生活的，他俩各自的容貌也随岁月有所改变。爷爷换了新工作。我问爷爷为什么不拍戏了，他假装没听到，这一点我爸爸倒是从爷爷身上遗传到了。

有一次奶奶安静地坐在沙发上，忽然间像是想起什么，她扶着沙发吃力地站起来，踉踉跄跄走过来，我感觉很多事情她说不定真的永远记不起来了。起先我爸爸不太想承认奶奶脑子迟钝了，他反复强调老了之后都会这样，有几次还因为说到这个问题弄得不开心。直到有一天他发现他的母亲忘记如何使用电话的时候，才慢慢接受了事实。医生安排奶奶每天吃一种药，这种神奇的小药片能阻止大脑退化。但事实证明这种药片只能抑制病症，但无法减缓或治愈。

　　白天，保姆陪着她坐在阳台上，她的卧室很大，左右两张床，其中一张我爷爷去世后就一直空着。另外，房间的左右两边各有一个阳台，右边那个被她改造成了念经的小房间，供奉着观世音和其他几尊佛，到点儿就香火缭绕；另一间阳台能看到东方明珠，外加楼层高，能把大半个上海尽收眼底，本来在这里放了张写字台，桌上放着毛笔、砚台、墨汁。两人各拥一间阳台，互不干扰。爷爷去世之后这桌子也没人用了，上面就放了些盆栽，阳台主要用来做阳光房，虽然被各种绿色植物塞满，还是难以消解那点残留的墨汁味，这味道总让我怀疑爷爷还没走，到点儿了他就会过来练会儿毛笔字，一笔一画力道十足。

　　每回我去看望奶奶，她都是一脸兴奋的，张开双臂想要拥抱我，把我搂在怀里。现在她的身材变得越来越矮小，但拥抱我的时候依然很用力，问我一句："今天冷不冷?"可是，我亲爱的奶奶，现在是夏天呢。她盯着我看很久，然后把我叫成别人。

我觉得我已经适应了她的迟钝。但我还是会生气地纠正她的错误，"那是我姐姐！不是我！不是我！"她就在一边"嘿嘿"笑两声，看着她"嘿嘿"笑的时候悄悄四处观望的眼神，像她是在故意叫错。我也宁可她是故意的，要真是如此，那就说明她只是老糊涂了。我想，人的记忆一旦被遗失会飘到什么地方去呢？不会就真的这么消失了吧？很奇怪的，人的头的直径也不见得变小多少，倒是很多事情会想不起来，你知道遗忘的滋味，脑海里有一个半关半掩的门，门缝里透出光线，你越走近光线就越弱。

几年之前，家里正在筹备一场婚礼，婚礼前奶奶拉着我走到阳台，压低声音对我讲："告诉你一件事情，我跟别人讲别人不信，我知道你相信我，我就跟你讲讲，但我跟你讲了之后，你也不要跟别人讲，别人会以为我在骗人。"

"你说吧。"

她打开自己阳台上的窗户，指着远处天空里的一片云说："刚刚这里，飘过一片云。上面站着好多人，穿着古人的衣服，五颜六色的，就这么飘过去了。"

"你看清他们都是谁吗？"

"有个老头，估计是太上老君，还有观世音也在。"

我脑子"嗡"了一下。

但按照她讲的看过去，远处的天空好像也一下子变得彩色了，"我觉得这是一桩喜事，不然我怎么会看到他们？但是你不要跟别人说。"我知道她说的喜事，是那场即将举行的婚礼。说完她忽然又把语气恢复到日常生活模式，重复了一遍，"不要跟别人说。"

虽然这段婚姻最终没能如众人所祝福的那样，白头偕老。当时亲戚们一波波地劝说，但两人意志坚决，我猜想若这两人真的听从劝说，将就着过下去了，他们的模样就会像那许许多多对共同生活多年的老夫妻一样，在交谈的时候，目光不会注视着对方的眼睛，他们早就忘记四目相对是怎样的滋味。

但除此之外，我依然相信奶奶是一个会通灵的老太太。我从来没见她为爷爷的去世掉过眼泪，至少没有当着我的面，她甚至在追悼会上安慰那些痛哭流泪的亲戚们，凑在一个哭得泣不成声的老人耳边安慰了几句，摆正被客人们弄歪的香炉，最后走到厨房倒了杯水自己喝。

"这天也太热了！"她靠着碗柜的橱门说。

葬礼上除了成群的亲戚们，我还记得有个人抱着一个相框走进来，找到了奶奶后，他们就去了里面的房间。过了没一会儿这人就出来了，奶奶跟着也走出房间，对着那人说："不用再来了！走吧！"像在打发一个推销保险的销售员。

"您再考虑一下，我把名片放在里面了。"

"就算我同意了，他们也不会同意的！到时候他们还得找到我头上，那可不得了！"

那人苦笑了一下，"他们是谁？"

我看见奶奶没有继续搭理他，径直走回房间里去了，那人给爷爷上了炷香之后也走了。

那相框外的包装纸被拆去，里面露出来的是一张爷爷的半身相片，他穿着蓝白相间的水手服，注视着镜头，没有表情，蓝天碧海和邮轮。同那些画着浓妆的舞台剧照相比，这是爷爷最自然也是我认为最好看的照片。

"这是什么照片啊，奶奶？"

"爷爷的电影剧照。"

"电影？他还拍过电影！我怎么没看过？看上去像一个船长。"

"就是船长，男一号。"

保姆推开门，"太太，差不多该吃饭了吧？"

"你去看看，外边那些人走了没有。"说完，奶奶自己先走出房间去了。

葬礼轰轰烈烈地结束后，她像一个刚刚入伍的新兵一样，壮志满怀地重新开始了独居的生活，距离她上一次独居已经过了快七十年。当然一开始就会很不顺利，毕竟七十年。

她不满意家里的保姆，换了一个又一个，没有一个令她满意。我不知道是不是所有老太太都是这样的。当然，物理上的衰弱也没能减少一分一毫的聪明，她不会当着保姆的面指责对方的不是，她会有意无意地和她那几个孩子们聊天的时候说起，"要不给我换个保姆试试？"

　　爷爷过去很会协调奶奶和保姆之间的矛盾，就像现在那种被架在妻子和婆婆之间的丈夫，现在这个任务被转手到了他们的每个孩子身上。不过话说回来，在我的记忆中，以及家人们的口口相传中，我漂亮的爷爷从来都是做协调工作。正如两人的不同背景，娇生惯养的奶奶对金钱没有概念，他从协调生活开支开始，为这个女人打造了新的生活轨迹，稳定且节制。使劲回想起来，他们之间的争执也是我见过最简短的。

　　"太太！跟你讲了那么多次，怎么就是记不住！这个橘子你不用剥，你剥不好的！让阿姨剥就好了，管东管西，小动作太多！这个阿姨知道该怎么弄。"

　　"你小动作才多吧。"

　　"得得得，你弄吧。"

　　"弄完了你要吃的哦？"

　　"我吃。"

　　有一次爷爷整理旧相册，为它们粘贴新的小纸条，科技进步一些了，胶卷相机是可以在画面右下角打印出拍摄时间的，所以爷爷的工作量小了一半，只要写和谁在什么地方拍下的就行了。

"这片湖我去过好几次了，但只有这一次，你看，我真真正正地绕着它走了一圈，花了不少时间哩！"

奶奶凑过去看，"几次？你们去了几次？"

"又来了是不是？"

"要是当时时局好啊，你俩没准真成张艺谋和巩俐了。"

"瞎说什么东西！"

"还认真了？我不说啦。反正我听说她……"

爷爷猛地转过头看着她。

"干吗？你还想知道她的消息啊？"

"得得得，太太，您忙您的去吧，我继续整理照片。"

他们曾经一块旅行，去很多国家，在旅行杂志还没普及的那些年，他们旅行回来后打印出来的照片就是我最初的旅游杂志。爷爷去世的后一年，一对他们在旅途中结识的年轻夫妻来到中国，特意去奶奶家中拜访，见到他们奶奶挺高兴的，催着保姆赶快去多切些水果，转身又指着墙上的那张电影剧照，说："来，你们正好看看他最后一眼。"

爷爷奶奶还资助一个偏远地区的小孩念书，那个小孩每年都会寄一封感谢信给他们，每年的信几乎都是一样，"我会努力念书，长大后报效祖国"之类的话，那些信连在一起看，全是用蓝色圆珠笔写下的，字迹几乎没有改变过，我甚至怀疑是不是那孩子用一天写完了十年的信，通过"慢递"公司一年一封地寄出。爷爷去世后，奶奶依然持续给那孩子捐助，在后面的落款上写下的是她和爷爷两个人的名字。

我感觉他们其实是同一个人，不管去到哪里，都是共同行动，同时也做着自己的事情，或者说像一架夜航飞机上的两个闪灯机翼。

每隔一段时间，我都会去看看奶奶，她的脑子一次比一次糊涂，脾气也变得古怪，但没有再想方设法地更换保姆。她看到我，果然叫出的是我姐姐的名字，我想想算了，不纠正她了。当时爷爷留下的那些钱被一个亲戚拿走了一大半，说是拿去买房子，一开始大家都反对，但最后那点钱还是被神不知鬼不觉地拿走了。奶奶好像并未被这事儿影响到，就像这件事压根不关她的事。她套上一件开衫，从床上爬起来，邀请我一起坐到大阳台上观看日落，我帮她把两张椅子正对窗户摆好，正准备把她房里的杯子拿出来，她拉住我，皱着眉头，"这些杂事没有必要你去做，别做。"

我被她这股严肃劲吓了一跳。那时候窗外的风并不大，徐徐地还带着一丝热气，把底下人家厨房的空气都吹了上来。整个城市尽收眼底，依稀能看到城市光影在日落里愈演愈烈的趋势，包括一条条街道上爬行着的车流和蚂蚁般的人影，东方明珠的灯光还未亮起，层叠高楼的影子背着天空，和那些红瓦别墅连成一体。

"我就是在这里看到爷爷的。"奶奶说。

"谁?"

"爷爷啊。"

爷爷称她为太太，而她称爷爷为爷爷，和我们的叫法一样。

奶奶一边看着写字台一边说："他就站在这里，胖了一点，气色好了不少。"

保姆端来了茶，"她脑子又糊涂了！"保姆嗓门很大，带着乡音，我觉得过不多久奶奶又会找出一个新理由，辞退这个人的。

但是，这不叫糊涂。几年前她就在天空里看到各路神仙，现在能看到去世的爷爷，不管怎么说，她总是能在天空里看到一些东西。

保姆把两杯茶重重地放在茶几上，转身走了，我把放在桌子边缘的茶杯移到茶几中央，手还没离开杯子，一阵暖风从窗外吹来，我抬起头，爷爷就在窗户口看着我。我放下杯子，他现在的模样，正如我奶奶说的，面色比去世前好了，像个远征归来得意洋洋的船长，嘴里一动一动，像在说什么，一会儿就随着夕阳消失不见。

我问她："爷爷刚刚说了什么？"

"他说他想养只狗。"

为了证实我今天看到的不是幻觉，我去看望奶奶的次数明显增加了，我坐在阳台上，闭上眼睛，默数三二一，想象自己腾空而起，再突然睁开眼睛，盯着窗口，但是窗外一点变化都没有。我以同样的方法试了一次又一次，心里装满虔诚，却依然徒劳。

我知道不久我就会淡忘这件事情，就像爷爷去世之后，对于他的印象也随之淡忘，徒增了一些不太真实的对他的幻想倒是真的，每当想到他，他在我心中变得无比奇特。

他对着镜头，嘴角慢慢上扬，导演在远处喊，"卡!"跑到他身边，"这可是个要远行的人呐! 好几个月回不了家，可不能笑得那么开心，但又不能不笑，这个分寸很重要，你想想? 可以吗?"

电影的女主角站在游轮上不远处，也许等会儿会拍她穿入海里游泳的镜头，此时白色的浴巾包裹着她的身体，配合着她的身体轮廓，海风吹起了她的头发，也让她胸前的浴巾敞着口，随着微波轻轻摇摆。

爷爷冲着导演点点头，镜头重新对准了他，远处传来，"三二一! 开始!"

季节也由夏入秋，整个城市被尘土和落叶包裹了一番，奶奶的睡眠时间也跟着昼夜长短逐渐增加，像个孩子似的。她从中午午睡，能睡上五六个钟头，醒来也不清楚时间又到了几点，只管听凭别人的安排。

我又去看望奶奶，她还在睡觉，推门进去，房间里能听见老人的呼吸声，我坐在床边的凳子上，拉开半掩的窗帘，天色已是大西洋般的蓝，远处透着暗红，所以即便拉开窗帘，房间里还是没进多少光线。

这一天家里的几个亲戚也陆陆续续来看望她，见奶奶还没醒来，几个人坐在外面的客厅里泡茶聊天。

"那个人有来找你哦？"

"哪个人？"

"哎呦，就是我上次跟你讲的那个人呀！"

"哦！那个人啊！他又来找你啦？"

"是的呀，跟说我什么胶片修复，美国人会弄的，他是代表美国公司来的，我后来想想啊……觉得蛮好的。"

"蛮好什么啦，美国人又没给你好处咯，我越听越觉得像在打什么鬼主意，我这个人直觉一般都很准的。"

"你们在说什么？"我问她们。

"大人的事小孩别管。"一个阿姨说。

"有人找到爷爷当年拍电影的胶片了！"另一个阿姨接着她说。

"哦？"我故意摩挲着手里的杯子。

"我们都以为早就被烧光了，那时候拍电影用的是胶片，一卷一卷很重的。"她双手做出环抱的样子，表示胶片真的很重，"当时那个导演哦，为了保护这些东西，命都不要了，把它们藏在大木箱子里，最后还是被发现了！"

"还好爸爸反应快哦，跑掉了，不然……哎呦，想想都怕人的！"

"藏起来做什么？还有，跑掉了？！"我问她们。

"哎呦，你就不知道了，爸爸啊……算了算了，反正最后啊，这个导演怪可怜的，没几天就自杀了。"

"所以!"一个亲戚一拍台子,大家转过头都盯着她看,"这种事情我们参与什么呢?有什么好参与的?看看别人的下场,我们现在的生活不是过得挺好的吗?干吗要自己找自己麻烦?沉默是金。"

"再说吧,版权的问题我还得问问那方面的专家。"

"但是我还挺想看那部电影的,这可是爷爷演的电影哎!你们不想看吗?"我说。

"哎呦,"亲戚挤出一个笑脸,"你年纪小,很多事情不懂,要像我们这种嘛,什么都经历过,有阅历了,就知道什么该做,什么不该做啦。"她似乎被自己说的打动了,"啦"字延了长长的音。

"是的!什么年纪,就该做什么事情!"旁边一个人补充她。但除了用一样的句式之外,我完全没听出这两句话有什么共通之处。亲戚们还巧妙地把话题转向了儿女们的婚嫁问题,我起身离开,推门走进奶奶的房间。

奶奶在床上翻了个身,她正半梦半醒。

房间里需要新鲜空气了，我打开窗子，黄昏是
这座城市里我喜欢的时刻，远处的轻轨开过，在半
明半暗的空中划过的弧线，就像图画书里面的流星。
这一列轻轨的声音居然从远处传到了阳台上，就仿
佛我已经站在车厢里，在我侧耳聆听的时候，那种
车与轨道间发出的轻微震动和刹车时尖锐的摩擦声
却已经把我吸去了那里。

　　我坐在一辆轻轨上面，车里人不多，一个男孩，
背着破书包，耳朵里塞着耳机，一个穿格子衬衫的
姑娘，姑娘身边还坐着一个穿着运动裤的男人，他
一动不动地审视着周围，他脚边还放了一只行李箱。
他们俩肩并肩地坐在我对面。

　　我向窗外望去，远处建在坡上的桥，像国道一
样泥泞的路面，两旁是大树，有时候道路比周围要
高出许多，我现在正路过一处高出来的道路。窗外
的景色是白天，一切都看得清楚，绿色，绿色，窗
外的一切都是绿色的，这种绿不像中国笔墨画里的
墨绿，更像是欧洲小镇街道上那种让人心情愉悦的
青葱的绿色，充足的阳光晒在叶子上面，还有那些

我叫不出名字的树木。列车迅速移动让我感到眩晕，车子转弯，我一手拉紧了扶手。轻轨还在这段被绿色植被环绕的高地行驶。

　　当时我一点都不感到恐慌，就像每一个正在做梦的人，很少有时候会意识到自己正在经历一场梦，而当你反应过来的时候无论通过什么方法都很难从梦中脱身而出。

　　穿衬衫的姑娘压着嗓子对男人说："这一去也不知道你什么时候回来？再说家里的事情也多，加上你这一走，我顾不了，幸好几个孩子懂事，替我承担着。"

　　"别说了，我是不得不走。"

　　"哪有不得不的事情？只要努力想办法，都可以解决的，我不是说我心胸狭窄，可是眼下这情况你也不是不能感同身受，却考虑都没考虑就……"

　　男人用脚推了推行李箱，"我留下来没得好处。"

　　"不就为了好处你才走的吗？！"女孩有些激动，男人看向了窗外。

　　"那好吧，我会多等一些日子的，你想明白了，等时机成熟，你会回来的。"

在我的余光里，她身上的衬衫，男人的裤子，以及轻轨靠背，这三个色块形成一种暗涌，和窗外匆匆而去的大片绿色在赛跑。

"我也不知道。"男人看向窗外，他身边的姑娘欲言又止。

忽然背书包的男孩转过身，对着全车厢的人说："现在跟我做。""啪啪啪"，他拍了三下手，车厢里其他人跟着他的节奏拍了三下手。"sha！ya！"他一边有节奏的拍手一边喊道，所有人也跟着他喊。

"这是一个游戏。我喊'sha'之后指向谁，那么那个人就要站起来喊'ya'！接着再找下一个。没来得及站起来的就算输了，最后还站着的那个人就算赢了，谁赢，我有奖励！"

他以飞快的速度拍起了手，所有人都在不停地起立和坐下，我莫名地玩得非常好，没有一次是因为我而停止的，但是没玩几轮大家就吃不消了，男孩宣布解散，所有人立刻恢复了之前的姿势。我问那个男孩要礼物，他缓缓地抬起头，注视着我，一动不动，又缓缓地将头靠向右肩，像电影里面的僵尸。

　　我坐回座位上，靠着窗玻璃，外面是茂密的绿丛，在绿丛中，一个橘红色的小点吸引到我，我盯着远方的这个点，等着车子朝它的方向越来越靠近，这个点也变得清晰和庞大，这个点逐渐变为一个花园，建造在树丛中，里面开满了花，主要是橘红色和红色的，这些花朵中间还掺杂一些别的植物，有热带的盆栽，体积很大，像是被放大镜照过的多肉植物，围墙似的处在花园周围。

　　这就是一个树丛中的多肉植物的花园，它们又不同于普通的多肉植物，它们巨大而柔软。在这个花园里，有两张蓝白条纹的躺椅，并排放在草坪中间，躺椅上躺着一个女人，她手中拿着一本书。门外还站着一个男人，男人没有敲门，但女人似乎感应到了什么，放下书本跑去开门，看到男人的一瞬间，她向后退了一步，重新又走上前去，女人把他带进自己的花园，男人从地上捡起一本书，躺在躺椅上，女人随之也躺在旁边的另一张躺椅上。这两人背着阳光，躺在花丛里，各自看着手中的书。

车厢忽然晃动，和铁轨的摩擦发出"吱吱"的声音，我转过身，看见车厢里的人换了一批，他们依然在做着各自的事情。

当我再次看向窗外，这轻轨车窗一瞬间变回了奶奶阳台上的窗户，白天变成黑夜，一列轻轨刚刚驶远，呼啸声还残留在空气里。我没有看清那个花园里面两个老人手中捧着的书的名字。

"你来啦?"房间里传来奶奶的声音，她醒了。

阳台和卧室之间夹着的落地窗里，映着屋里的奶奶，也映着窗外的夕阳。我看到一个身影慢腾腾从床上爬起来，扶着床沿，弯腰找拖鞋。玻璃把室内窗外的影像重叠，她像一个在天空云层中找拖鞋的老仙女。

几个亲戚在外面听到了动静，走了进来，一推门看到爷爷那张剧照被挂在墙上，就说:"哦哟，这个照片，看看还是拍得蛮灵的哦!"

"他送给你了?"

"对，"奶奶说，"他跑我家跑了好几次，小伙子蛮认真的。"

"姆妈，你别被他的表面给骗了呀，你知道他肚子里卖的什么药？"

"其实说到底也没什么，不就是一部电影吗？"奶奶扶着床坐下来。

"姆妈，你忘啦？当年爸爸没事情干吗走掉啊？再说，现在电影院里电影那么多，干吗找我们这种旧的影片，还修复？谁要看？挣谁的钱？你说我说的对哦？"

奶奶微微低下头，右手下意识地摸了摸床，像在认错似的，看上去怪可怜的样子。亲戚为了确认自己在谈话中占了上风，又重复了一遍，"你说我说的对哦？"

"但是给的钱倒是蛮多的。"一个亲戚说。

"真的啊？多少啊？"另一个亲戚回答。

后来她开始变得迟钝和脆弱，稍不留神她就会摔倒在地。一个午夜，她很重地摔倒在卫生间，等我赶去医院看她的时候，她半张脸都是紫色的。她摔跤之前有一周左右我没有同她联系过，我甚至记不清我和她说的最后一句话是什么。家人托了一个又一个朋友，想尽办法把她送去这个城市条件最好的疗养院，二十四小时监护。但她再也没法告诉我她那些稀奇古怪的点子了，她摔到了脑子，并且丧失了语言功能。

奶奶牢牢抓住年轻时付出的爱，把它们当做筹码，用来抵御最终的那场审判。还没等她意识到这从来都不是一场公平的游戏时，她已经被来去匆匆的一切给抛弃了。当然了，我们也一样。

飞往加尔各答

------------------------------ *By*黄先智

我从我的身上撕下我的灵魂，摊平在桌上，像摊平一张纸，一张桌布。我要在上面写字和画画。

　　我要在它的正面和反面都写满密密麻麻的小字，在每个小字上面涂鸦。可是画什么呢？我拿着蜡笔，心里一点主意也没有。况且，现在要紧的是，我得捉住它。它轻飘飘的，像纸一样薄，可是它在挣扎。我将它按倒在桌上，而它的边缘牢牢钳住我的手腕。我们扭打在一起，在桌面上滚来滚去。那些桌上的小玩意，我所喜爱的玻璃雕塑，还有各种各样的彩绸和卡纸，全被我们弄得落在了地上。碎了，脏了。

　　我生气极了，它也是；我用我削铅笔的小刀抵住它苍白的脖子，它一声不吭，只用倔强的眼神看着我，就像我看着它一样。我们的眼睛都红了，谁也不让谁。在清晨的寂静中，只听见我们轻轻的喘气。它贴在桌子上，我贴在它的身上。

　　我的桌子靠着窗，窗外正对着一片湖，湖的那边是一片黄色的树林。那片湖连一丝生机也没有。从早到晚，湖面上就笼罩着一层淡淡的雾气。那些从树林里钻出来的雾气，一直弥漫到我的窗前。这栋两层楼的大房子，从早到晚都孤孤单单。

正是在这个时候，我们看见了飞鸟。飞鸟从窗前掠过，从大雾中钻出来，又隐没到大雾中，飞鸟结成一队，一个接一个，缓慢地拍打着青色的翅膀。我们沉默地看着它们，我数着；然而我的窗户开着，冰冷的雾气不停地逸散进来。它们在空中转了一圈，然后向黄色的树林飞去。

霎时，我泄了气；我松开了我的手，垂下了眼睛，我的灵魂轻轻地滑到了地上，脏了。然而它还是很倔强。它哆嗦地爬起来，爬到了角落里，缩成一团。

可是我害怕极了，我的脑海里全都是飞鸟。它们拍打着翅膀，向黄色的树林飞去。我说不清楚这是什么感觉。我哆嗦着出了房间，砰的一声关上了门。我跌跌撞撞地下楼，将桐木楼梯撞得咚咚响。

她就坐在下面，坐在餐桌边，坐在一把高背椅上面。她是一个来自加尔各答的姑娘，头发是黑色的直发。她整天都在忙着烤饼干，然后坐在餐桌边，一边喝茶，一边吃掉它们。我哆嗦着靠近她，在她旁边坐了下来，她给我倒了一杯茶，又将放着饼干的托盘推向我，她问我："要吗？"

我哆嗦着，我说："不，我不要。"

于是她一个人将盘子里的饼干全都吃光了，看上去快乐而又满足。我看着她，心里好过了一些，没有那么紧张了。我想起我们刚来的时候，她在这栋空房子的中间画了一条线，然后房子底下的土地裂开了，房子的地板裂开了，墙壁也裂开了。整个房子一分为二，干干净净。壁炉不多不少，恰巧一人一半。毕竟，在这里，冬天，壁炉必不可少。

然后她指着裂开的房子对我说："你住那一半，我住这一半。"

不，我说。我拒绝了她。我对她说，我只要二楼的某一个房间，其余的全都归她。她看起来迷惑不解，但是很高兴。这样，她就可以一个人用一个厨房，每天不停地烤着饼干，然后吃掉它。

她很思念加尔各答。她说，在那里，她住在一所比这里大得多的房子，房子里有她的父亲、母亲，还有她的兄弟姐妹。"是真的，"她说，"那里比这里至少大五倍。并且，不只是我一个人住，所以那里很温暖。"她说，在加尔各答的那所房子里，人人都喜欢吃饼干。"是真的，"她又说，"他们每天都吃饼干。厨房里任何时候都在烤着饼干。"

她想念加尔各答的时候，落泪吗？不，我不知道。我只看见她烤饼干。并且她一天里除了烤饼干之外，什么也不做。也许她还哭吧，毕竟她想回加尔各答，可是在这里，谁都找不准方向，谁都找不着出去的路。她回不了加尔各答。

"喂，"此时，她碰了碰我的胳膊，"等下，陪我去超市好吗？面粉没有了，蜂蜜也没有了。"

我麻木地点了点头。我想着，它，还在楼上，在角落里缩成一团。这感觉真怪，我想着，哆嗦着，竟然有些可怜起它来了——今天多冷啊，马上就要下雪了，而窗户还开着。

超市很远，我们要开车去。按照惯例，她来开车。在车库前，我又看见了飞鸟。它们在慢慢地向黄色的树林飞去。而我们要开上长长的公路，一直开到湖边，然后穿过黄色的树林，最后到达小镇里。

这里只有我们一辆车，门前一条专门通向这所房子的公路。

在路上，她也看见了飞鸟。

"呀，"她惊奇地叫了起来，"你看，它们飞得多慢呀。"

我紧张地答应了一声。我不知道，我只是很紧张，心里又有些东西绷了起来。我向后方看了看，那些窗户，那个二楼的房间，全都在雾气中隐匿不见了。她看见我回头了，问我："你在看什么呢？"

我没有回答。

"在加尔各答，"她又开始说，"那里也有很多这样子的鸟。不过它们飞得快多了，老是在河边起起落落，谁也抓不住它们。那些最聪明的小伙子，就在河边下套，放下许多诱饵。可是它们也很聪明。它们叼起了诱饵，马上又飞走了。"

我还是没有说话。我脑海里想的是另一些事。

"还有翅膀，"她继续说，"有的人喜欢吃它们的翅膀。但一只鸟只有两只翅膀，而且它们每一只都很聪明，很难抓住它们。有时候，它们的一只翅膀可以卖出很多钱。在冬天，集市上最好的一些笼子里，就关着这样的一些鸟。"

我没怎么听她说话。我在想着窗户，想着我用了一半的蜡笔。这种感觉很令人揪心，像是在做一个梦。

接着，我们谁都没说话。过了一会儿，她拍了一下脑门，惊叹般地说："呀，我怎么没有想到呢，它们就是往加尔各答去的啊！"

她突然刹了车，在路边停了下来。她握着我的手，快要哭了。她说："你看呀，你看呀，它们就是到加尔各答去的啊。"

她想用她的热情来感染我，或许她的本意并不是如此。可是我不这么想。我冷冷地摇了摇头，我说："不，它们不到加尔各答去。"

"它们不到加尔各答去，那它们到哪儿去啊？"她被自己的感动冲昏了头脑，根本不相信我的话。

我摇了摇头。我说："它们哪儿都不去。"

她根本听不进我的话。"它们在往这个方向飞，这个方向就是加尔各答的方向啊，"她说，"我知道，那就是加尔各答的方向啊。"

　　她感动得都要哭了。毕竟，谁看见了那群飞鸟，谁都要哭的。

　　于是她客客气气地将我请下了车。她说："对不起，我得要一个人用这辆车子。我要回加尔各答，我就要用这辆车子。"她将什么都分得很清楚，她又说："不过，房子都是你的了。"

　　她匆忙在车上拥抱了我。她的眼泪已经开始在眼眶里打转转。我下了车，她就走了。她从车窗里向我回头，她哭了。她说："再见了，我就要回加尔各答了。"

　　她就要回加尔各答了。她跟着那群飞得很慢的飞鸟，就要回加尔各答了。车在路上慢慢走着。她再也不去超市了，不去买蜂蜜和面粉。再也不烤饼干了。

　　我一个人沿着公路走回了家。在空荡荡的房子里，我直奔二楼。我看见它依然缩在房间的角落里。房间里多冷啊，它被冻僵了。它变得又皱又小，浑身发青。

这一次，我将它摊平在桌上。我迟疑着，从房间里的窗户望出去，我看见了飞鸟，还有加尔各答的姑娘的车子，它们都很慢，朝着黄色的树林移动。

我的蜡笔脏了，它在地上断成了两截。我很痛苦，于是我拿起我的裁纸刀。我举着刀，看着又皱又小的它。此刻它气息奄奄，一动不动。它什么也反抗不了，什么也干不了了。

我很小心地从它上面剪下了两片翅膀，还有一只鸟的身子。它们看上去就像纸片一样薄。我刚剪好，它们就动了起来。它们自己拼凑在了一起，以很慢的速度向窗口挪动着，然后飞了起来。然后它就像一只真正的鸟，拍打着青色的翅膀，向着飞鸟赶去了。

这就是发生在那一天的事。我没有在我撕下来的灵魂身上写满密密麻麻的小字，或者涂鸦。它和飞鸟们一起飞走了。和它们一起走的还有加尔各答的姑娘。加尔各答的姑娘说，它们会带她回加尔各答去。但我跟她说过了，这是真的，它们哪儿也不去。

猎鹿

----

*By*贾彬彬

长角鹿和短角鹿走到路灯下面，灯光为他们在地上铺成一个黄澄澄的圆。河水拍打岸边的水花溅到他们的小腿，小腿上棕色的皮毛碰脏的地方糊成了一团黑。但其他地方，尤其是他们的背，油光水滑的皮毛在灯光下闪耀着类似于桃棕色的光泽——就像短角鹿水润润的口红的颜色。

　　短角鹿有许多支口红，各种各样好看的颜色，圆柱形、方形、半圆形，塑料的、钢的、皮革的，一支一支地填满——填满什么呢？她说，我感觉我有个弹槽，它们填满我的弹槽我才不害怕，我可以用它们把所有装饰着珠宝和纱幔的橱窗全部打碎。长角鹿于是理解。

　　在他们刚在一起的时候，那时候他刚变成鹿，他们都是短角鹿。他和她拥抱和亲吻的时候，小树一样的尖角会扎破对方颈部最薄最软的皮。他们扎伤了对方。长角鹿驮起短角鹿，跑到大街上。街道的灯都熄灭了，所有的商店都拉下了铝皮门，只有映着月亮的橱窗对着他们。长角鹿心里一阵比一阵地难过，他说我如果有长角，我就顶破它们的门和窗子。长角鹿驮着短角鹿在小镇上奔跑，一直跑到尽头，一家 24 小时营业的便利店还在闪光，它圆弧形的门挂满了彩色的南瓜灯。他的脚掌磨得发疼。

"这太可笑了，你们做什么鹿呢？你们的角那么短、那么丑。"穿着深蓝色营业服的前台说，"没有，没有便利贴，柜台都锁起来啦。"前台打着哈欠。

她的衣服看起来硬邦邦的，而且是难看的颜色——长角鹿这么想，短角鹿在他的背上像一床柔软的被子。他紧了紧手臂，将她向上托，怕她难堪。最后他们坐在椅子上吃了两个冰淇淋——因为只有冰淇淋机还在运转，哔哩哔哩地闪着灯。短角鹿长长的眉毛塌下来，小口小口地吃着冰淇淋。长角鹿也没有手舞足蹈，他也在这个情绪里，但平静地说着很多她不会听的事情，告诉她如何打冰淇淋——他打出过一抽出筷子就跟雕塑一样的蛋白液。他越说越慢，偶尔也会舔舔嘴角。冰淇淋甜而冷的冰气碎纷纷地飘散开来，把他们流血的伤口凝结住，像夜里的霜。短角鹿咬下一口蛋筒的脆皮，大眼睛泛起雾气，她看了他一眼，说："怎么办呢，我们难看的短角？"

长角鹿于是把存款都换了一对长角，它选择了黄铜的内心，坚硬而有光泽。他取出之前的皮肤，切下一大块，去除血水，泡上防腐的药剂，烘干，打上貂油，然后一层一层地织出鹿角短短的柔毛，他用旧牙刷小心地刷着，他把这皮毛贴在黄铜角上。

真的好手艺。匠人端着这对角也在称赞，他从工具箱里取出螺旋钉，那是长角鹿看过最亮最好的钉子。好马配好鞍，鹿也要配好角，匠人掂量着锤子，邦邦邦。邦邦邦。匠人把角钉上，沉甸甸的——他坐在椅子上抚摸自己的角。他变成了一只长角鹿。

他们都因此变得更可爱。

长角鹿和短角鹿拥抱、亲吻时，他就会举起她，让她的小小的鹿角架在他坚硬繁复的角上。短角鹿要是脚抵着墙，她就像失重了一样，而他在下面接着她。长角鹿巨大的角、结实的分叉，足以架住短角鹿的手掌或前肢。长角鹿再背起短角鹿时她就可以把前肢放在他的长角间，她的薄围巾把长角搭成柔软下陷的毛绒沙发。短角鹿在他肩头上甜蜜蜜地叫唤，挥舞双手。

他们穿过狭窄的小巷子，长角刮过工厂之间的铁皮，发出刺耳的声音，迸溅出火花。他们奔跑在街道上，他的长角把连排的橱窗都撞碎，玻璃碎片像劈开的烟花一样——他穿着厚底皮靴，十四孔的靴子把小腿包裹得紧紧的，有力的脚步把石板路上石块间的泥土都震得弹动。他像是碾过的压土机，脚掌把碎片碾成亮晶晶的泥屑。长角之间的缝隙可以挂住许多个冰淇淋。

短角鹿有时无声地滑下来，抬头看着他，踮起脚掌抚摸他好看的长角——这实在是一对威风的、响当当的角。长角鹿处理得耐心仔细，让它们永远都是干净清透的味道，一层层织上去的绒毛他每天都搓揉，用牙签把灰尘和碎屑剔下来——柔软的手抚摸到长角边缘闪光的铜钉，她张开涂成粉橘色、桃棕色或玫瑰色的双唇，问："你会痛吗？"短角鹿有柔软水润的唇，像是刚剥出来的荔枝。甜。长角鹿说："一点都不。"他有些跑累了，她也兴奋到疲倦。长角鹿和短角鹿肩并着肩，她的左角尖搭在他右角根上，他们慢慢走在夜里锡白的路面上，长角鹿的靴子把路面踩出啪嗒啪嗒的声音。他说："以后我们夜泳时，我也可以驮着你。"

短角鹿在灯光下抖动着毛皮，抖散了桃棕色的光晕。她垂着头，只露出两弧睫毛。

开始吧。

她头也不回——长角鹿有些遗憾。回头时的短角鹿最好看，她因为轻微近视而有些神色涣散的大眼睛，也会显得顾盼有神，窄小的鹿角下细软的耳朵——那泛白的边缘挂着的一排圆圆的银耳环会碰出细碎的响声。她宽松的袍子一晃，腰上的铃铛就响。宽松的袍子来回摆动，几何图案的丝绵布一贴身上就像是新长出的毛皮，河风推着她空荡荡的袍子，一会儿显出她这一面的曲线，一会儿突出她那一面的弧度。

河水拍打出银白的水花。

短角鹿更用力地抖着身体，鹿皮一叠一叠地抖落下来，堆在地上。她俯下来，伸头去看波动的河面，抖落的外皮并没有蹭掉她粉橘色的口红。她蹲在岸边，脸侧过来侧过去，反复地看，一面问："你好了吗？"

短角鹿把外皮扎紧成一个小包裹，再由袍子裹着，放在他的角上。他们一个台阶、一个台阶地没到水里，然后哗啦推开银白色的水面向前游。短角鹿的脸进入水里，浸过水的脸毫无光泽的死白，像是一揭就能揭开。她像一面起了雾的冷玻璃，嘴唇上的粉橘色在水里化成一团雾霭般的粉尘，随着她浮起的头快速地消散开。粉橘色的水团打在长角鹿刚沉下的面上，他面上的短毛在水里像无数个小水母一样散动，他的眼睛蒙上了粉。

长角鹿游得太慢，他的四肢一会儿前后摆动，一会儿左右摆动，他只能保证不让自己沉下去，缓慢地扑腾，努力跟在短角鹿的后头。他一直都游得笨拙，像是狗刨一样。

诚实地说，在长角鹿遇见短角鹿之前，他一直以为自己会是一条狗。

　　当然，他有头颅，有不仅健全、而且修长的四肢，他站在人群里，大家笑他便笑，大家高兴得跳起来时他跳得也不低，当大家学会和恋人一起看话剧时，他也学会了和身边让他紧张得脊背僵硬的姑娘一起安然地看完，演员谢幕时他会和其他人一样举起手，大声叫着，哎，牛逼。牛逼——虽然他喉咙眼儿都干得冒出发黄的烟了。他始终是人群中的一个。

　　但那时候他就一直想着想，什么时候自己才会变成狗。

　　当初那个让他僵直了脊背、让他想要不停喝水的姑娘已经变成一条狗。上次他看到她时她已经学会斜着仰起上身，跃到人的怀里去，晃荡着圆滚滚的屁股，发出响亮的笑声。

　　那个时候，长角鹿还没有决定好去做一条狗。虽然每个方面他都表现得那么合适。他做着一份推销员的工作，向其他狗兜售美瞳。作为狗露出眼白是一件很丢脸的事。长角鹿的身上就挂满了玻璃瓶子，里面都是鸽子蛋一样大的美瞳，柔软地飘在玻璃瓶的液体中间晃荡，它们就像飘荡在他身边的花瓣一样。有时候他也要为这些美瞳去攒词，印传单，发小广告。但他的职位始终是推销员。他靠每天送工作餐的老先生得到今天要去做什么的消息，然后便去做。毫无怨尤。

长角鹿在快要变成一条狗的时候，父母为他安排了现在已经变成小宠物的姑娘。

狗姑娘很美，饱满的脸颊有光洁和清冷的光晕，她几乎永远是笑嘻嘻的样子。与她一起变成一条狗，应该是一件很有面子的事。

狗姑娘对他甜腻腻地笑着，向他递过来一个手电筒，"可以帮帮我吗？"

这是一个细长的手电筒，有黄铜的灯罩，打开来是柔和的暖黄的光。

"对，对，抬高一点，"狗姑娘踮着脚尖摆动他的手，"在这个方向，要看到我的脸像会发光一样——你累吗？"

你的脸本来就像会发光一样。长角鹿想着。他僵直着背，抬着一只手举着手电筒，似乎非常地合适。虫蝇都飞在他的头发上空盘旋。他们走着。

狗姑娘是一个演员，除了去看话剧时她的手电筒会被没收折断，其他时候必须生活在灯光下。她经常送给他许许多多的话剧杂志和五颜六色的场刊。这些话剧总演一些不会发生的事情，火车出轨、美人鱼劈开鱼尾、不开心病房，等等。

在舞台上时她也不需要他为她打光，灯光装置会提供给她。但那并不是长角鹿轻松高兴的时刻，他经常陪她去练习。她在一场话剧结束后留在那儿，和其他人穿着灰扑扑的舞鞋爬上舞台——不，那些已经不是人，他们有的已经变成了狗。

长角鹿有些不安，他捏着丢给他的台词簿。

"你的台词太差了，你练练顺口溜。"一条狗打断他，所有人和狗都停下来望着他。狗姑娘也是，面上还挂着微笑。

"什么顺口溜？"

狗们仰起了头——

白石白又滑，

搬来白石搭白塔。

白石塔，

白石塔，

白石搭石塔，

白塔白石搭。

搭好白石塔，

白塔白又滑。

　　他们低下毛茸茸的下巴，又沉甸甸地望着长角鹿了。长角鹿舔舔嘴唇，看了狗姑娘一眼，慢慢地念了一遍：白石塔白石塔……长角鹿看着他们，他们像是一个圈包围住他：白石塔白石塔……他声音渐渐低下来，人佝偻着——这个人狗圈错落，他们的耳朵立起来像风扇一样抖动，靠近，靠近，长角鹿的眼珠子滚动着，他不在首、不在末——他们尖尖的耳朵都要刮到他的脸了，但他依然不是这个圆圈里的一个点。

白塔白又滑。

有条狗忽然叫了一声，他也在念完的沉默中不自觉又匆忙地叫了一声。

所有人围着他张开大口，然后爆发出整齐的笑声，哈哈哈，哈哈哈。

我们是专业演员，笑声都是要考量的。他们说，你应该去练练肺活量。

——好热。好热。他冒出许多的汗，汗在他的皮肤上快速地蒸发成了汽。他的喉咙眼在叫，给我水呀，给我水呀。

狗姑娘过来拉着他的手，甜腻腻地说："你可以去练跳绳呀——啊呀，你怎么这么烫。"

那时候，长角鹿总在深夜无人的时候把绳子缠上棉花，然后跳绳。想念狗姑娘的时候他就跳绳。他手中挥舞的绳子把家里木板缝中堆积的灰尘和小爬虫都掀了出来，围着他变成一个灰蒙的变化的圆。

他的心脏在这个灰蒙的圆的中心跳动。

他思念她时就会跳绳。在结束电话之后。

长角鹿滚烫的皮肤冒出更多的汗水，蒸发的白汽飞快地蹿到了窗外去。他停下时咕嘟咕嘟地喝水。而狗姑娘已经做了许多个好梦。

"人类的誓言总是说变就变，你看你对着起誓的月亮也是阴晴圆缺。"长角鹿举起手，大家都望着他——可以了——他的声音中气十足，因为热而身形恍惚让他头上像是有一轮颤抖的殉道士光环。

他的故作蹒跚，他的新舞鞋在舞台的木地板上留下一团一团汗湿的汗渍。

"不对，不对，女主角，这换了台词。"身后有声音。

"知道啦。"狗姑娘软软的声音，"道具呢，道具呢？"

"啊，你随便拿个东西吧。"

长角鹿回头看着他们，他们挥舞着手让他偏回头去，"你继续走。"

可是他热得要炸开啦——长颈鹿眼睛都模糊了。
水！他要泡在水里喝水！

"你走嘛。"她声音像是贴在他怀里转了个圈。

他甩甩湿淋淋的头发，继续向前走。

热气达到了顶点的时候，一个东西嘣地砸到了
他的背，像是烙铁一样的痛。
"你走吧，狗！你看你走路的姿势！多么像一
条狗。"
怀里的一缕白汽从他背后穿出去。
那东西掉下来，骨碌碌滚动，是她细长的手电
筒，已经摔断了。断开的柄露出破损的电线，火星
在跳动。

"你看你走的样子，像是狗跟着买了骨头的妇

人，她手里有肉你就踮着脚弓着身子随她走，摇晃着尾巴。可是狗，你看看你，你走的时候——哪怕是离开的时候，没有肉，你为什么也像狗一样！你的脊背！你的手脚！你的眼神都望向哪里？"

狗姑娘在长角鹿高举的手臂下净洁发光的模样在他猛烈流泻的滚烫水汽中一晃。像是一层划开的玻璃纸。

他蹲了下来。

"喂，说你，你为什么停下了？"

所有人都大声笑，一边夸赞狗姑娘演得好——喂，你为什么停下？

他被亲昵地拍打着肩膀，他被翻过身子。

大家看向他，后退了一步，流露出恐惧，交替眼神——你在哭？

长角鹿双眼涌出奔涌不尽的蒸汽。

他把手电筒断开的部分接上，立在一边，好不让它总是骨碌碌地转动。但它很快啪地又断开，像是斩断了脖子只连着皮的头颅。

大家有些扫兴，什么嘛，你也是要做狗的，做狗怎么能哭呢。

长角鹿模糊的眼前看到巨大的光下另一团白气，轻微地晃动。

短角鹿逐渐在水面中与长角鹿平行着浮动。她茫然的大眼睛在雪白的面皮上开阖不定，快要合成两条狭长柔软的弧线了。

长角鹿在很多个这样的夜晚，还是想要问她，我游得像狗吗？——即便他已经变成了一只鹿，不再脊背僵直、浑身滚烫，需要不停地喝水。他还有最棒的双角，可以顶破一切亮晶晶、冷冰冰的东西。

长角鹿挺着脖子，怕水花会打湿架在鹿角上的袍子。黑茫茫的水波尽头是对岸的灯，它们已经熄灭了，但是水晶灯罩好像还留着一些光的影子，一排排像鬼魂一样摇晃。天不再是绝对的黑，水波已经变得紫蓝。只是月亮和星星的倒影也已经黯淡。

可能已经游了一半，小小的漩涡在咬他们的脚。

"到我背上来吧。"

"嗯。"短角鹿粉橘色的嘴唇吞吐着河水。

曲折硕大的长角劈开水面，短角鹿疲惫地环抱着角的根部，夹着长角鹿的双腿慢慢地也放下了，任它们荡在水面上浮动。

"你说，我适合做一头鹿吗?"蜜波荡漾般的触觉——短角鹿的手指钻到袍子下面，抚摸着他的头顶打圈。

可是亲爱的，你还没有完全决定好做一头鹿吗——长角鹿把这句话随着嘴里吞吐的水散了出去。

那头顶的涡旋曾经剥开头发、肉皮与细血管坦诚地裸露湿白的头骨在她面前。只有短角鹿见过他头顶的凹陷。

"你并不适合做一头鹿。你身体热到要剥下一层皮和脂肪。"匠人把他的皮铺在桌子上擦拭。

玫瑰色的吻印在他崭新而冰冷的嘴唇上。

"可为什么他们都做狗，你不轻松地去做一条狗? 你会做得很棒——而且高兴。"匠人在他的皮上用钢尺划拉着测量。窗外的石板路上漂浮着刚走出匠人街的新狗们奇怪的叫声，呜呜呜。他们的尾巴和脑袋摇晃出忽忽的声音。

如果这个声音低一些、弱一些，就会像婴儿的哭声，而不是兴高采烈。

短角鹿慢慢地说："因为不想一难过、一高兴，都要泡在水里面。"

"如果成为狗，你只会高兴。而且皮肤不会发烫。"

短角鹿低着头，看着躺着的长角鹿。他们成了一个悲伤的直角。

匠人把皮收起来，"小姑娘，你现在皮肤还太厚啦，你只能裹着鹿皮。"

要不断地夜泳，直到凌晨。皮肤变得白而薄，高兴或难过时皮肤会越来越烫。等到它薄得像纸，轻轻一掀就能整片地掀起来，贴上新的皮，变成鹿。

匠人一把掀开箱子，把长角鹿的皮放进去。

"如果只有你一个人是这样……"

"敏感脆弱吗？"

"薄得像纸——只有你一个人这样的话，你还会做一头鹿吗？"

袍子的铃铛在晃荡。短角鹿的手指慢慢停止了画圈。她在睡梦中又变薄了一层。

长角鹿四肢的摆动仿佛发挥了更大的作用。水花变得规律而微小。

岸边出现了一线白——起先长角鹿以为是曙光，因为天已经变得浅蓝。但那白又那么的单调、毫无光彩。过渡的奇特光晕呢？也没有。

他听到声音，像在哭。

游过来了漩涡群，长角鹿才看清。穿着白T恤的狗站在岸边，站成了一排。他们的耳朵都像风扇一样抖动起来，高高地昂着下巴，露出脖子上一溜脏兮兮的绒毛。

看不清哪只是领头，口号通过脆弱的塑料喇叭的外扩仿佛加上一层奇怪的滤网，显得雄浑悲壮：我们永远高兴，我们凝聚成团，我们没有愿望，每一天都像太阳。

长角鹿闭上了眼睛，温吞缓慢地划向前。短角鹿又像是失重一样，他只感觉得到头的重量——她的脸依然贴着。

清晨掉落的一滴露，手中要化的一片雪花，快要落地的羽毛——要变薄、变低、变小，或者变成有眼无珠的人，才能让这一刻的感觉放大。

打过身边的这朵浪花渐远的声音，被小喇叭奏出的噗噗噗声淹没不可闻。狗们叫得兴高采烈、朝气蓬勃。

他们叫："呜呜呜，呜呜呜。"

我看见夏天在毁灭

----

*By*徐畅

天色向晚，苦夏的阳光叮咬人脸辣辣的，我掸掉麻裤上的干土灰，担起剃头挑子进了伊城。赭黄的城门上蛛网盘根、黑鸦聒噪，阴风漏进来，滚瓜走石般"呼啦"弄喧。胶着的腐臭味肆意漫淹，周遭好似摆了一整圈粪桶。此间岂不是一座荒城？我暗忖着，慢下脚跟。

城内商铺酒楼木质腐朽，失修多年，家家闭门掩窗。可仔细谛听去，叫卖声、日娘捣老子的咒骂、讨价还价、清唱的淮南小调正热闹喧嚣。我徐步沿街行着，担子一头的火炉直冒青烟，另一头却撞得哐当响。

"剃头的来活儿了。""胡记酒家"揭开板门挨出个女人，女人一席红旗袍，面上针绣了花里胡哨的早梅，颈上璎珞青紫耐看，兴是店里掌柜。

"使不得，使不得，姑娘家哪能随便削发哩？"我说。

"你这老剥皮的，怎多话，我甚时说我剃头了？"她身后窜出个后生，拖长辫子，阴阳头，阳面已生了一层黑茬。我放下担子，添炭烧水，取下担内红漆方凳，摆置好剃头的家伙什。

"几个钱呐?"女掌柜依着板门道。

"剃头刮脸加打辫,拢共十文。"我说。女掌柜在我手心排出铜钱。我收了钱,在厚刀布上钢好剃刀。女掌柜在后生耳边嗫嚅两句折身回屋。后生听得用心,临了还喊:切莫叫二扒子撬了柜台,那个杂种,钱票偷去,叫咱俩喝风啊。

"二扒子是弄甚的?"我修理他的鬓角时问。

"贼,成天偷吃爬拿,这狗东西,李集街上哪家没挨他偷过。十二岁吧,人不大,心贼着呢。轧面条的王寡妇家,银票藏进枕头瓤心里都叫他偷了去,不出半月,钱败消光了,又去偷,摸捞到周举人家,顶西头带小院的四角楼就是他家的宅子,两层楼是全木的,半根铁钉都没镶,根根木条卯榫咬住,这崽子三更天去偷银元,周老爷光脚撵到街心,拾起地砖碰瘸了他的腿,这贱胚子淌着血爬过整条街。家家出门举笤帚骂打。"

"这回打服帖了?"

后生觑面闷愤地望我,"服帖?去他娘的,膝头夹好板子又去偷了,狗改不了……罢了,莫提他。

我恨不得嚼了他。"

"城里发生过事儿,对不?"我问。后生佯慌着说:"能有甚事?"他四下端望,无人了才说:"老先生,我不跟你捣虚,长毛子进了城。"

"怎讲,莫不是太平军?"我手里的剃刀利索了些许。

"勿谈国事,勿谈。"后生嘱咐。

"还在城里?"我问。后生晃荡脑袋,只推不知不知。我拧干手巾擦净刀面,他额头上涔涔冒虚汗,我蘸水在他腮上打了胰子,摸揉一番白沫就起了。我横刀刮下,"呲呲"碎响,他额上的汗珠频频滚落。"怎的?"我问。他钳住我胳膊,"长毛子死光了,鏖战一旬,一兵崽都不剩,尸首一骨碌抛在墙根。"他又晃头,扰得我无处下刀。"烂掉发臭了,清军都不让埋,后首城里就出了怪事。有人传闲说,长毛子索命来了。"

"城里人多阳气重,能出甚怪事?"我在另一面腮上寻下刀的所在。

"害病死了,瘟病,一个接一个,跟搁那儿排了队似的。棺材铺挣老钱了，卖得一口不剩，人稍死得勤快点，家人干脆卷席子当街扔了。城里人口死到半数，清军又来了。"

"得亏他们。"我应和道。

"你老先生痴呆了？那些个当官的，哪一个是来救人的，当即就围了城，封住门，东西南北四口儿，死死的，外面人不得进，里面人不得出。活生生围成一座死城。三个月长久，清军才拨了寨营收兵。"

我揩净他的腮帮，女掌柜在板门后嚷嚷开了："两月没见二扒子动手脚，兴是死了。"后生迎头称是，女掌柜说："辫子我来打，你找下家吧。"我作礼道谢，挑起担子拽开步子告辞。

街巷还深，我心里寻摸：找家便宜客栈先歇身，明日再去揽活儿。拐进胡同角，一群手摇拨浪鼓的小娃尾着我，跳着格子步，哼唱起剃头的歌谣：

　　　　老师傅　手拿刀　取龙帽　脱龙袍　坐龙墩

　　　　剃龙须　按龙头　掐龙腰　净龙面　掏

耳朵

　　推拿按摩把病消　万岁头上敢动土　百家饭菜敬尔曹

　　剃出俊美新容貌　高官厚禄咱不爱　剃头好似坐当朝

　　我和着小唱，回首望去，身后无人，只有歌声在巷里音韵不散。我进了跟脚边的"福禄客栈"，客栈只我一人住店，老板娘跟我岁数相仿，六十冒尖。我上楼入了客房，她奉茶进来。我呷一口竟是苦的。寒暄后，老板娘道出她老头子患痨病死了，膝下无子，老寡妇自个儿空守旧店。我听惯了别人苦惨的身世，遂问她"胡记"家的酒怎个滋味？老寡妇攒眉细声说，那家店没酒。

　　"没酒怎唤作酒家？"我问。

　　"店里没人，哪来的酒？"老寡妇说。我胸口阴沉，好似扬场的石磙碾过。"没人，我分明瞧得真真的。"我说，她愕然了，杯茶工夫才道："也难怪，怕是老先生撞见了。"

"甚？"

"撞着魂了。"老寡妇说。我一受惊打翻了茶水，麻裤内狼藉一片。

"城里闹人瘟时，当兵的围了城，那会儿她跟店里跑堂刚勾搭上，那后生你该是见着了。"我点头承认。"她男人得瘟病死了，两人怕死，整夜守在城门口想法子溜走，那后生揞着鹰钩绑上绳，甩了圈撂上城楼，半街人聚在墙下观着，他铆足劲爬上去，刚一露头却坠下来，尸首碎成四段，印堂中了箭，只穿到后脑。把人吓得呀，他那相好哭丧心了，整个人都疯癫了。她跪在墙根一个劲地刨土，刨足分量又捧上来，街上人蜂拥上去，都寻思刨出洞定能逃出城。不多时就刨出个大口子，女掌柜的指甲挨个掉了，用指肉也要刨。老先生呐，整整一宿，城墙地基深着呢，都生了根的。天麻亮才刨到墙外，外面人早候着了，哇啦一缸热水整个灌进去，城墙内都闻着香味。"

我撩开窗枢，"胡记酒家"门槛上，女掌柜正给后生编辫子。

"老先生，这哪是最绞人心的，我女儿怀了肚子，正赶上这倒头鬼的人瘟，女婿得瘟病死了，我闺女临盆当晚，孩子刚一落地，她就提起孩儿的脚，愣往墙上掼，掼死后丢进茅厕，没摔死也呛死了。她认定这孩儿活不下去了，不受人瘟那穷罪。"

我斟了杯茶递给老寡妇，老寡妇一口抿尽。"还是个外孙。"她说，"谁晓得个把月，半城人都出去了，全仗了二扒子的功，要不然我早该去见阎王老了。真可惜了我那个外孙。"

"断腿的小贼吗？"我问。

"可不怎的，"老寡妇说，"围了两个月，城内人就逼疯了。水还能从井里担，稻米整个断了，人死得一天比一天快。西头周老爷拢齐街人想了对策。"

"是要造反呐？"我问。

"不得活命，哪能不造反。眼瞅着全城人要死绝了。周老爷说，要找人爬上城墙，在墙顶往东跑再折向北，引开那些当兵的，这样就能空出分把钟，好让全城人去拆毁南门，问有谁愿去。人人都怕着死哩，谁不晓得城外的弓箭毒啊。半晌没人应，推攘攘到临了，二扒子拖着坏腿爬出来。"

"好腿的不是快些吗？怎是个瘸子。"

"那关头，都躲着死呢，管不了这些。周老爷扎了一捆银票，捡撂一麻袋银元，递给二扒子，嘱咐他上了城楼要一面撒钱撂元宝一面跑，这样追去的兵才多。二扒子攥住绳子，就是后生爬的那条，背了满满的大包袱，嘴里咬着大锅盖，一条腿蹬着墙面上去了。就听得哐当哐当雨点样的射箭声，城楼上没了动静。城下人泄了气，二扒子大概是死了，可那狗崽子脑子可不钝，上了墙就趴下，等箭射消停了，他才躲在锅盖阴面往东跑，一瘸一跳，手还不住抓元宝往下掷，爬了一截，转向北去。周老爷带全城男女涌到南门口，胡铲乱刨挨个拿身子撞，两扇门间好容易露出点小口儿，可外面的长矛乱刺进来，串起三五个人的肚皮，周老爷掏出怀里的银元票子往外扔，扔得越勤，门开得口子越大，那些当兵的也穷急了。到底撞开了门。"

"城墙上的呢？"

"半城人去撞门，活下来的只有一撮，人们出城往南疯跑，掉头望去，城墙上没有人影。城空了，清兵便退了，活着的人回去寻二扒子，终究在墙根寻着了，折掉的腿上中了十多只箭，胸口扎成蜂窝煤了，齐齐整整的。几个性子软的女人抱着他，当儿子一样哭丧着，好些壮汉在一旁挖坟，周老爷根根拔下二扒子身上的箭掖进怀里，不吐一句话。"老寡妇说，"孩儿也就十岁露点头。"

"明日出城，我想去他坟上看看。"我说。老寡妇点头，下楼端上蒸好的饭菜，一同吃罢便回屋睡了。到了后半夜，车马赶路声、伶人敲锣拉弦声吵醒我，我开窗探望，月地里青砖白路，不曾见到人烟。木楼梯"咿呀"作响，老寡妇登上楼来，她瞧也不瞧我，径直钻进我毯子里躺下，我贴她搂住，到了鸡鸣没再睡着。

早上喝过清粥，她送我出了客栈。我挑担子往巷深里走，这一整日背运倒霉，没揽一处生意，又惦记城外男娃的坟冢。心想，还是出城探看完回乡罢了。我斜了扁担，横穿两条街，街上卖布的、看西洋镜的、吆喝煎饼的、兜售瓜果的叫嚣不止，热闹腾腾。行到南城门，见一瓦匠蹲在墙根下，嘴里咬住旱烟。我问了二扒子的坟茔。他说出了城往东走，折角墙隅处便是。他端详了我，说我不像此地人，怎知二扒子，我道了昨晚在"福禄客栈"的前后。瓦匠不明就里，在青砖上磕净烟锅，"客栈里的老寡妇？"

"正是她。"我说。

"我在她客栈里做过长工，我晓得她，这老东西，工钱才把了一半。"他望向我，"她死了倒有一阵子了。"死了？昨晚她在我床上躺了一宿。我不信瓦匠，道："瞎嚼蛆。"

"你老爷子怎骂人？"他说，"我还日弄你老啊？那老寡妇跑到城外不假，可她踩滑一根矛绊倒，让后面人踩死了。我看她倒下，我还喊'老东家、老东家'，她当场毙命了。"

我不睬他，出了门往东走。这两日遇到的蹊跷事够多了，我不信跟我睡了一夜的会是个鬼魂。就算是的，我也不愿相信。我闷头走下三里多地，仰望城墙头，心想二扒子瘸腿跑恁远，一起一伏是何等滑稽的场面。他该在这不远处中箭的，受伤后，拖着腿连跑带爬，到了折角处才滑跌下来。清兵为了杀狼，还补了十来根箭。否则不会像老寡妇说得那般匀称。男孩儿就这般毁掉了。我低头忖度。跟前一男娃闭眼席地端坐，肩头依着一大锅盖，缸口来粗。我惊得飞了魂。

"二扒子?"我小声说。他睁开眼。我一时想不出着边的话，"城里人都说你埋在这里了，我来……"

"城里还有人吗?"他问。

"很多人呐，我就从里头出来的。"

"城里没有人，"他说，"城墙里早荒了，没人活着。"

"不不，我待了一天一宿，我老汉眼睛还没胡花哩。"我反驳，"街上还有人卖东西，墙角还蹲了瓦匠。"

"没人活下来。"二扒子说。

"怎的没有，南门破了，跑出去一伙，怎的没人? 你还是人家埋的。"我越过他的肩膀斜身看去，他背后没见一处坟冢，再望去三里远也不曾见。

"跑出去不少人，可那些……"他说，"当兵的卷回去了，围一个大圈，把逃跑的人都包了进去，没人跑得了，箭一排排射出去的，都死了。我也死了。"他顿了顿，"他们是死后葬我的。这里根本没有坟。"

　　"这是出了甚岔子，我怎跟一小孩的魂说起话来？"我自语道。

　　"我见过你。"他忽然说，"你不是剃头匠吗？你的'换头'呢？平日里敲敲打打，嘟嘟响，招生意的。"

　　"我没那物件，你怎会见过我呢？"

　　"清军回卷时，你正准备进城，我还听着你'换头'的吆喝，"二扒子说，"可是当兵的也听到了，他们杀人杀得正发狂呢，你全看到了吧？"

　　"不晓得，"我脑袋里开了闸门，"这是怎的？我剃了头，这会儿是要去家的。"我重挑了担子，不敢看他的眼睛。

　　走下半里地，我忽见一剃头挑子蹲在地上，跟肩上的一般模样，"唤头"用的铁片棒子也丢在一旁，一具腐化的尸身静卧着，我走到跟前看到了自己。

虎蛟的角

------------------------ *By* 李驰翔

据说，早些时候，九州大陆上存在着一群类龙生物。名"虎蛟"，成年体有巨象般大小，通体披甲，色彩斑斓。他们常年游荡在广阔的九州大陆上，呼朋引伴，拍打着肉翅吸引异性。偶尔，引颈高歌，奔跑迅疾。青铜烛台般挺立的大角在阳光下闪闪发光。

令人不解的是，"虎蛟"作为大型动物，却喜群居。《记怪杂史》上写道，它们属杂食，喜好蜂蜜、香草、菌类，也会捕食动物和鱼类。即便如此，这仍不足以成为证明它们确实存在的证据。它们的脚趾尖利，据记载却是性情温顺，这又成为了疑点。一部分考证派咬定"虎蛟"并不存在，就如同那些刚被他们一口咬定的并不存在的"鹏鹰"一样，只是古老部落想象加工的图腾。另一些学者则通过分析，剥离了"虎蛟"的神性，将其归入丑陋的爬虫类。（亵渎岂不是比杀死更可怕？）尽管如此，仅存的穴居人仍然言之凿凿，声称自己和自己的祖先都曾亲眼目睹"虎蛟"跃入深潭中的雄姿，溅起的水雾如同灵芝一样美丽而真实。

很多人相信，穴居族极力宣称目睹"虎蛟"，是因为他们在害怕，有一天自己种族也会被归入"不存在"中。

　　以我对考证派的了解，这并非不可能。

　　四月，我故地重游，站在东林县一座废弃古殿前。其时我刚完成无我国巡游，又回到了这里。

　　夜晚将至，霜鸦的声音从古殿里悠悠地透出来。我生起一堆火，把身上手感粗糙的河洛鼠皮袍子慢慢地脱下。它又老又旧，就像我，经不起折腾。我把它放在火边小心地烘烤，水汽蒸发的白雾掺着烟尘几次迷了我的眼睛。但身子骨的寒冷还是促使我不断添加柴火，然后再看着它们崩塌、燃烧、成灰。

　　这里刚下过雨，霜鸦还会再叫一夜。

　　我族的诗人曾在这座古殿前吟道："四月是个残忍的月份。"站在台下的我，手上提拉着刚从后山猎到的成年河洛鼠，我滴血的战利品，我成年的标志——由于从小体弱，我"成年"要比别的男孩晚了一年。彼时彼地，他的声音在我心中久久难以散去。而现在他的声音借着我的喉咙又再次在这里回响。

"老先生，您在这里做什么？"

顺着声音看去，一个青年从黑暗里走出来。他穿着皮质袍子——我看不出是什么皮，右手拿着七弦琴，左手，左手拿着一把铲子。

"啊？我，我打算在这里过夜。"我已经很久没和人说过话了。

不等我招呼，他走过来，在篝火前兀自坐下，伸手烤火。映着火光，我看到他脸上轮廓分明，一双眼睛灿若明星。

那是属于年轻人的目光。

"老人家，这里最近不太平啊。"

"我没有什么东西值得被偷走。"停顿一下，我自嘲地笑道，"除了数目众多的呓语和诗篇。"

"哦？您是一个诗人。"他说。

他语气中的心不在焉并不使我感到冒犯。我看着他手上的七弦琴，说："如果不是岁月让我的双手变得颤抖，小伙子，我的琴声会让你感到惊讶。不过也罢，假设的事情总是显得矫情。我的七弦琴早已在一个不知名的小村子送给了一个小姑娘，只因为她在和我说话时用了敬词。"

"您真有趣。"他笑道，用铲子在篝火边铲土。划出一道又一道痕迹，圆形或者别的。我选择了沉默。

我和青年听着树枝燃烧的声音，想着各自心事。

"夜还很长，老人家，不如讲讲您的故事。"

"讲也可以，但你必须弹琴。"我说过，我真的很久没和人说过话了。

我第一次出远门是十九岁，我的母亲用我猎来的河洛鼠做了一件袍子给我，这就是我全部的家当。你不要笑，不是我身上这件。那件袍子在一次狩猎中被灵猴彻底撕碎了。

唔，狼狈的狩猎经历等会再讲。你不要笑，人总有倒霉的时候。

其实，出门的时候，我并不知道自己要做什么，只是觉得该出去走走。我和村里的姑娘道别的时候心里还是一片茫然，我甚至想，干吗要走呢，干吗不留下来？直到有一天，我去到怀刃国的国都，站在熙熙攘攘的人群中，我突然福至心底，下定决心做一个行吟诗人，来描绘盛世的繁华。我的第一句诗是："从明天起，做一个幸福的孩子。"

我开始巡游怀刃国。劈材、喂马、周游九州。

怀刃国是个跨度很大的国度，北边是沙漠，南边临海。有些人一辈子没有离开过他们生活的地方。于是我在海滩上给渔民们讲沙漠游牧民族的故事，或是在北方的洞穴里描述一个穴居人从未见过的鱼。"好看吗？""好看。""比沙蟹还好看？""比沙蟹还好看。"我摸着脖子上戴着的泛着金光的沙蟹壳项链说。那是穴居人送我的礼物，他们叫我沙玛。在他们的语言中，是故事大王的意思。

我像一个商人一样，在怀刃国各处游走，故事和诗篇是我的商品。不同的是我的商品会随着时间的增长而产生一些有趣的变化。

这样的生活我过了五年。

当怀刃国所有的珍奇异兽都无法让我感到惊奇，我知道是时候离开了。接下来我去了一个不知名的小国，九州有很多这样的地方，那里的人们自给自足，过着不受管制的日子。那里有很多佣兵活动。我选择加入了黑水佣兵团。

你应该听过这个名字，他们恶名昭著（当然这其中有我的功劳），杀名传遍九州。在那些血流成河的故事里，有真有假。借着我的诗篇，真的故事变得温柔和优美，假的也有趣到让人信以为真。我的加入让黑水佣兵团接到的任务比平时多了至少一倍。

记得黑水佣兵团的团长是个蛮人，长得五大三粗，奇丑无比。第一次见他时我面不改色，他让我吟唱一首诗来描述他的英俊。这完全难不倒我，我背诵了一首羽人歌颂太阳神美貌的诗篇，在篇尾说道，献给我伟大的团长。蛮人团长感动得几乎落泪。我似乎跑题了，哈哈，那真是快乐的回忆。其实我加入黑水佣兵团只是因为他们答应带我去很多危险和奇怪的国度。有一次，我们在维玉森林捕捉灵狐为当地一家大户主人做寿礼。在交任务时候却发现那个大户言行傲慢，而且钱财来路似乎并不干净。简单的交接任务之后我们又接了一个不知名的人立下的新任务：给大户一点教训。报酬几乎没有，因为是我偷偷立下的。当晚团长亲自潜近大户家偷走了灵狐。没见血是因为他家有太多的女人，我们不杀女人。我们轻易不杀人。

武弓二十四年，羽族和蛮族开战。

雇佣兵作为一只不大不小的战斗力量，被强制雇佣充军。我们和几个北地著名的佣兵团编立成战斗团，在瀚州驻守，我们属于蛮人一方。那一战名叫月亮山之战。

但其实只是发生了小范围摩擦，战斗规模并不大。我们在月亮山脉东麓山林山崖上伏击云氏羽族。由于有人走漏风声，羽族突然改变了行军路线，我们苦等两夜，然后被派往了后方负责看守粮草。

那个走漏风声的人是我，我并不打算隐藏。我们的团长瓮着鼻子对我说，沙玛，你违反了规则，你该走了。我说，是的，我又该走了。

蛮人团长和我对拳，祝我猎运亨通。我带着我当时的女伴出发了。生命苦短，我喜欢当时这个词。

后来，我听说黑水佣兵团在一次战役中死伤惨重，伤及筋骨。他们的团长决定躲进离国，接一些小任务维持生计。那一战，他们的对手是鹤雪团。本该在月亮山脉出现的，也是这支部队。作为一个羽人，对于鹤雪团实力我一直很清楚。正规军和佣兵是不同的。

年轻人，你别打哈欠。琴怎么还不弹，原谅我一个老人的唠叨。人老了以后，总是爱讲一些故人的事。

好吧，我给你讲些有趣的。你知道虎蛟这种生物吗？我就知道你感兴趣，你先坐下，我慢慢给你讲。

离开佣兵团之后，我又去了晋国和下唐，发生的事大同小异。我再也没有干预过羽族和蛮族战争——作为一个讲故事的人，我不允许自己影响故事的发展。我在山上观看蛮族拼杀，想原来身体的舞蹈也是一首诗。我在羽族营地边休息，想原来哀嚎也一叹三转。

好了好了，我讲重点。

蛮羽战争结束后，蛮族退回了草原。这样很好，他们本来就属于那里。稍微太平一些后，我又开始混迹小酒馆，找一些简单的佣兵任务挣钱。

有一次，我在靠近怀刃国的一家佣兵酒馆里，看到一个任务。任务很简单，挂在高高的墙上。只有一句话，找到一对虎蛟的角。

那时候，大家普遍认为虎蛟是不存在的。所以载着这个任务的羊皮纸已经泛黄，挂在最高的地方无人问津。但我知道它们存在。我接下了这个任务。

年轻人，是不是开始有点有趣了？

接下任务以后我决定先去找我的穴居人朋友。由于沙漠环境恶化，或许更因为战争，他们的营地缩减严重，我费了很大力气才在怀刃北部边缘找到他们。

　　居然还剩几个穴居人记得我。他们说，沙玛，不用再讲别人的故事了。羽人并不如你诗篇中那样优雅，蛮人也不总是温厚老实。写写我们的故事吧。我说好，告诉我虎蛟在哪。他们指向茫茫的沙漠说，向前行十里，有一绿洲。

　　我爬到那个绿洲的时候几乎半死，我的嘴唇干裂，没有一点血色，但那头虎蛟的情况并不比我更好。

　　那头虎蛟是红黑色的，通体发亮，匍匐在地上。他的角为金色，十四节分叉，按此算来，该有一千四百岁年龄。我注意到他的趾爪尖利，爪边有某种动物泛白的骨架。虎蛟趴着不动，盯着我，看。

　　那种眼神很难忘，我说不清楚，语言有时会变得无力，即使我是一个诗人。但当时我并没有细想，也不敢端详他的美丽。因为，如果《记怪杂记》没有写错的话，黑色虎蛟诡异，红色虎蛟暴躁。红黑色虎蛟未有记载，但绝对不是好兆头。

我一动不动地等在那里。

那头虎蛟突然抬起长长的颈部，用力地将头撞向地面，然后再抬起，如此反复。我彻底呆了，过了很久才反应过来他要撞断自己的角。但那时已经来不及了，随着一声青铜般的脆响，他的双角硬声而断。他侧过头，喘着气，充血的皮甲渐渐蜕变成金色。我松了一口气，金色虎蛟是高贵的象征。我缓缓地走近他，他吟叫着，我想虎蛟临死的吼叫也是一首雄伟史诗。

我走近他，伸出手去触碰他的金色皮甲。不可思议的是，我刚刚触碰到，他就以肉眼可见的速度风化，坍塌，变成沙子，风一吹就好像从未存在一样。只剩下地上几块碎落的，好像石头的，虎蛟的角。只有我知道它们曾经是什么。

我感到迷茫。走出绿洲，我没来由得想，这里真是有太多的沙子。

怀着一种不可解释的愧疚，我没有向穴居人告别就直接离开了。

在佣兵酒馆，我向任务发起人叙述了整个过程。

他说，故事不错。

我说，这是真的。

他说，你怎么证明这是真的。虎蛟的角呢？

我说，我没法证明。

于是我走了。那个任务现在还挂在怀刃国的小酒馆里，除我之外大概没人能够完成它。

好了，年轻人，今晚的故事就讲到这吧。你把铲子放下，再在地上磨他就要变成刀子了。里面的那个小兄弟，你也出来吧。

青年手上一动，七弦琴发出一声急促的响动。霜鸦不叫了。从古殿废墟里走出一个穿着红色长裙的女子。

"您早就察觉了？"青年寒声道。

"哈哈，我说了，我做过佣兵。我年轻时候擅长侦查。"

你在外面放风，弹琴就代表有人来了。她在古殿里挖掘，你们在找些什么呢？不要说，让我猜猜。据传，前朝，这里供着一对虎蛟的角。

"您不会说出去吧？"

"不会。我一早告诉你了，对我来说，唯一珍贵只是回忆和诗。它们才是属于我的'虎蛟的角'。"

站在边上一直不说话的女人开口了，她说："东西我找到了。"

她摊开手，十二节的虎蛟角，金色。我不用摸也知道，我比它的主人更熟悉它。

"这样，献给无我国公主的献礼也有了。阿遥，我们可以出头了。"青年的眼睛在闪光。

"嗯。"红衣女人不置可否地说。她好像满怀心事。

"那么，年轻人，天也快亮了。就此别过，祝你猎运亨通。"我要向着山的方向走，终点在那。

转过身，走了一段，我还能听到背后的争吵。女人的声音，以及，男人说，无妨，放他走。反正他已经……

反正我已经快要死了。好像一只将要沙化的虎蛟。考证派最爱问的问题是什么来着。你怎么证明他／她／它／你存在？我无法证明。幸运的是我有角留了下来。

对了，我忘了告诉那个青年。我年轻的时候，不仅擅长写诗，还擅长雕刻。我的作品包括一对虎蛟角，我把它放在废墟下面。

就当做一个老人最后的玩笑吧。

他在那里，表情倔强
而孤单。它不止一次
地看到过他。它却不
知如何让他注意到自
己。现在，他眼睛里
拥有的是彻底纯粹的
快乐。

图书在版编目(CIP)数据

妄想代理空间站／零杂志编.—上海：上海人民
出版社，2016
　ISBN 978 - 7 - 208 - 14075 - 2

　Ⅰ.①妄… Ⅱ.①零… Ⅲ.①短篇小说-小说集-
中国-当代 Ⅳ.①I247.7

　中国版本图书馆 CIP 数据核字(2016)第 228546 号

出 品 人　邵　　敏
责任编辑　陈　　蔡
封面装帧　钟　　颖
封面插画　eno

妄想代理空间站
零杂志 编

出　　版　世纪出版集团 上海人民出版社
　　　　　(200001　上海福建中路 193 号　www.shsjwr.com)
出　　品　世纪出版股份有限公司上海世纪文睿文化传播分公司
发　　行　世纪出版股份有限公司发行中心
印　　刷　启东市人民印刷有限公司
开　　本　890×1240 1/32
印　　张　9.5
字　　数　127 000
版　　次　2016 年 11 月第 1 版
印　　次　2016 年 11 月第 1 次印刷
ＩＳＢＮ　978 - 7 - 208 - 14075 - 2/I·1580
定　　价　35.00 元